O ANTINARCISO

MARIO SABINO

O ANTINARCISO

EDITORA RECORD
RIO DE JANEIRO • SÃO PAULO
2005

Cip-Brasil. Catalogação-na-fonte
Sindicato Nacional dos Editores de Livros, RJ.

S121a Sabino, Mario, 1962-
O antinarciso / Mario Sabino. – Rio de Janeiro : Record, 2005.

ISBN 85-01-07310-5

1. Conto brasileiro. I. Título.

CDD 869.93
05-1024   CDU 821.134.3(81)-3

Projeto de capa: EGDesign / Evelyn Grumach

Direitos exclusivos desta edição reservados pela
DISTRIBUIDORA RECORD DE SERVIÇOS DE IMPRENSA S.A.
Rua Argentina 171 – Rio de Janeiro, RJ – 20921-380 – Tel.: 2585-2000

Impresso no Brasil

ISBN 85-01-07310-5

PEDIDOS PELO REEMBOLSO POSTAL
Caixa Postal 23.052
Rio de Janeiro, RJ – 20922-970

EDITORA AFILIADA

Pour la belle soumise

"Qui si convien lasciare ogne sospetto;
ogne viltà convien che qui sia morta.
Noi siam venuti al loco ov' i' t'ho detto
che tu vedrai le genti dolorose
c'hanno perduto il ben de l'intelletto"
Virgílio a Dante (canto III do *Inferno*)

SUMÁRIO

FORMA

ESTRUTURA

SENTIDO (A FALTA DE)

FORMA

DA AMIZADE MASCULINA

Eram bonitos e inteligentes, os únicos a reunir esses atributos na turma iniciante da faculdade de filosofia, e estranhamente não foram as dessemelhanças a atraí-los, mas o contrário — as similaridades que costumam desembocar em repulsão. A simpatia mútua instalou-se entre ambos quando se conheceram. Ou melhor, tão logo se viram. Porque a simpatia, em tais casos, não é algo que precise ser esculpido com paciência. É lampejo, iluminação. Poesia? Poesia, talvez — não épica, lírica.

A beleza. Um e outro enquadravam-se à perfeição na categoria filosófica do Belo, com as harmonias e proporções a ela inerentes, daí a similaridade. Mas, dentro do Belo, as suas belezas eram antípodas, o que não lhes passou despercebido desde o momento inaugural. O primeiro era alto, mas não

demais, alourado, olhos verdes, cabeça dolicocefa-
lamente talhada, a pele bronzeada pelos exercícios
aquáticos ao ar livre — os mesmos exercícios que
lhe conferiram ombros largos, abdome rijo e pernas
vigorosas. Uma compleição de escultura grega (clás-
sica, não helênica). O segundo era mediano de estatura, moreno, olhos castanhos, lábios carnudos, a
pele muito clara, fruto de uma vida até ali recolhida
aos cinemas e bibliotecas — a mesma vida recolhida
que lhe rendera o aspecto delicado. Uma compleição de *nouvelle vague*.

Não foram esses atributos gerais, contudo, que
mais os atraíram reciprocamente. Foram detalhes
captados de soslaio. Do primeiro, o segundo gostou
em especial dos antebraços musculosos, bem diferentes dos seus, demasiado finos. Do segundo, o primeiro gostou principalmente dos cílios longos, que
aprofundavam ainda mais o olhar castanho, em contraste com o que considerava a superficialidade do
seu verde. Não que houvesse na atenção a esses detalhes um sentimento homoerótico — pelo menos,
nada que estivesse além do conteúdo dessa natureza
que jaz latente em toda amizade entre dois homens,
de acordo com os seguidores do velho charlatão. E,
a bem da verdade, nem mesmo pode ser definido

como atenção o que um prestara ao outro nesse sentido. Foram apenas detalhes captados de soslaio, repita-se, algo bastante comum. Porque é da natureza da amizade entre dois homens aprovar discretamente no outro o que lhe falta. A amizade moderna, enfatize-se. Na antiga, onde as licenças ultrapassavam em muito a poesia (épica ou lírica, não importa) e não havia latência, mas o contrário, exposição, o amor vinha antes — como aquele desejo de alcançar a amizade de quem nos atrai pela beleza, nas palavras de Cícero ecoadas por Montaigne em seu ensaio sobre o assunto.

A inteligência. As inteligências de ambos completavam-se por oposição. O primeiro a adestrara nas querelas ideológicas, de caráter jornalístico, em que a *boutade* precede a reflexão, a polêmica sobrepõe-se à análise, a surpresa ofusca a razão. Era como que a extensão de seu físico atlético, pois também seduzia com facilidade — professores, colegas, mulheres e o novo amigo. Ele, o novo amigo, chegara a comparar para si as intervenções do outro a fogos de artifício lançados contra a noite (na verdade, num tipo de arroubo que emoldura as amizades que já nascem duradouras, formulara a expressão "noite da razão", mas logo voltara atrás por achar que fora longe demais). Fogos de artifício porque se consumiam rapidamente a si próprias, deixando um rastro de luz cuja existência era destinada a sobreviver apenas na lembrança, e que legava a expectativa de mais um espetáculo. Quanto à inteligência do segundo, já foi dito que era de natureza oposta. Reflexiva, analítica, ela se esparramava na formulação de sistemas, na revisão de teses, na verificação dos detalhes — num arco de sedução que abrangia em particular os professores de apostilas amareladas. Se o primeiro tivesse se dado ao trabalho de fazer uma comparação como a dos fogos de artifício (e ele não a fez não por falta de amizade, mas porque andava um tanto ocupado disparando seus foguetes contra a noite), poderia ter usado a imagem de uma lâmpada. Sim, a inteligência do segundo era como uma lâmpada. De luz monótona, uniforme, mas constante. Não havia ali espetáculo, mas referência. A mesma referência de um farol cujo facho se entrevê na neblina de uma noite escura (da razão? Nesse caso, talvez sim). Dessas duas inteligências nasceu uma parceria que se concretizava em trabalhos escolares que casavam fulgor e cálculo, coreografia e fundamento, sedução e lei. E muito mais teriam realizado em comum, não fosse pelo problema que defrontaram.

Há de se destacar antes a convivência entre ambos, da qual sobressaía uma outra característica da amizade eminentemente masculina: o destemor ao silêncio.

É preciso que se diga que pode existir uma amizade feminina entre dois homens, bem como uma amizade masculina entre duas mulheres — e, mais uma vez, isso nada tem a ver com sentimentos homoeróticos. Uma amizade é tão mais masculina quanto mais propensa ao silêncio; e tão mais feminina quanto mais gárrula for. O silêncio da amizade masculina nasce da intimidade. Não daquela conquistada ao longo do tempo ou resultante da convergência de temas cotidianos (moldes da amizade feminina), e sim do entrosamento das almas, para voltar a Montaigne. E por que não usar as palavras do próprio, para definir tal entrosamento? Ao discorrer sobre seu encontro com o amigo La Boétie, Montaigne assim disse em seu ensaio: "Na amizade a que me refiro, as almas entrosam-se e se confundem numa única alma, tão unidas uma à outra que não se distinguem, não se lhes percebendo sequer a linha de demarcação. Se insistirem para que eu diga por que o amava, sinto que não o saberia expressar senão respondendo: porque era ele; porque era eu."

Nenhum amante escreveu à sua amada um soneto apaixonado que se compare a esse trecho. E, no entanto, não era amor que Montaigne nutria por La Boétie, e este por ele. E, no entanto, não era amor que os dois estudantes sentiam um pelo outro. Era amizade — tão profunda que não necessitava de palavras para ser reafirmada. Ambos passavam longos períodos lado a lado, sem proferir nenhuma frase, nenhuma observação, e isso não enfraquecia sua empatia — pelo contrário, a fortalecia. Especialmente quando se dedicavam ao estudo. O muro do silêncio os distanciava do mundo, protegia-os da vulgaridade e das tolices tão conformes ao universo estudantil. Pode um homem fazer o mesmo em relação a uma mulher, não importa em que ocasião seja? Certamente não. O silêncio, aqui, passa por indiferença. Suprimido, no pior dos casos, por discussões acerbas — e, no melhor, por carícias que só servem para tanto: quebrar o silêncio, para se voltar a ele o mais rápido possível. Mas esse não é o assunto.

Havia, como não poderia deixar de ser, uma competição tácita entre eles, outra característica da amizade masculina. Cada um a seu modo tentava brilhar mais aos olhos dos professores e colegas, sem que isso configurasse aberta rivalidade — e aqui se deve reafirmar que os fogos de artifício levavam enorme vantagem sobre a lâmpada. Mas o segundo conseguiu angariar uma razoável porção de admiradores próprios, além dos professores de apostilas amareladas, admiradores que viam na comparação da inteligência do primeiro a um foguetório uma crítica aguda e verdadeira. E ele, o segundo, não pôde deixar de constatar (com alguma alegria) que é dessa forma, pelos ouvidos de terceiros, que muitos elogios nascidos da sinceridade ganham o aspecto da ironia advinda do ressentimento. De qualquer forma, a competição tácita não os atrapalhava — eles a aceitavam, saboreando também em silêncio as vitórias e derrotas que dela resultavam. Viam nisso não diferença, e sim uma curiosa alteridade. Montaigne e La Boétie.

Eles estudavam, viajavam, e também atrás de mulheres iam juntos. Os namoros de um e de outro começaram no terceiro ano da faculdade, com moças de sua classe, de leituras constantes e densas. Ao contrário do que costuma acontecer, as namoradas não distanciaram os amigos. Ambos continuaram a cultivar a amizade intensa, o que implicava relegá-las não raro ao segundo plano. E esse foi o seu erro a partir de determinado momento.

As mulheres são capazes de admitir e suportar penas duras impostas por quem elegeram companheiros: bebedeiras, traições, maus-tratos e até aquele grau de indiferença que se manifesta na escassez de amor carnal. Mas há algo que lhes é inadmissível: a amizade masculina que lhes faz sombra. Não se está falando, evidentemente, daquele gênero de camaradagem tão comum entre os homens de baixa estirpe moral e intelectual, que os faz passar longas horas fora de casa, em atividades que refletem na vida adulta as molecagens e ócios da infância. Esse tipo de relação é até desejado pelas mulheres, que vêem nisso uma válvula de escape para seus homens e mesmo para elas próprias, porque as livra deles durante uma parte do dia — e, com isso, ajuda a manter a ilusão de que uma união que se excede nos anos pode ser feliz. A amizade que faz sombra, no entanto, lhes é insuportável porque atinge o âmago do narcisismo feminino, tão bem nutrido pelo ideal romântico — aquele segundo o qual a amada deve vir antes de tudo, até da própria vida de quem a ama.

Por seis meses, tudo andou bem com os respectivos romances. Passado esse meio ano, as exigências femininas recrudesceram, como é natural, visto que, para as mulheres dos mais diferentes repertórios, tal é o tempo que delimita o namorico do compromisso. Foi então que a amizade de ambos projetou uma sombra sobre a namorada do primeiro. Já não passavam mais despercebidas as longas horas de estudo em conjunto. Deixaram de ser desculpáveis as viagens curtas que os dois planejavam sem incluí-las. Tornaram-se inadmissíveis as noites de vigília que o segundo compartilhava com o primeiro, na casa deste último.

E eis que, como os amigos continuavam inseparáveis, numa certa ocasião em que o desejo perdera outra vez para o cansaço, a namorada do primeiro, irritada, insinuou a seu par cabisbaixo que poderia haver uma razão de fundo para a falta de entusiasmo que nele se manifestava com freqüência além do aceitável, pelo menos na opinião dela. Que talvez a coincidência de caráter histórico que ambos protagonizavam fosse muito mais do que isso, uma coincidência. Que era bem possível que ela, a coincidência que era mais do que uma coincidência, traduzisse uma afeição profunda e sensual entre os dois.

Foi expulsa quase a pontapés.

É verdade que, desde o primeiro dia, a convergência curiosa chamou a atenção na faculdade de filosofia. Tanto que logo deu margem a brincadeiras maliciosas. Deve ser dito, porém, que tais zombarias jamais haviam transcendido as bordas do tolerável e, no decorrer do tempo, perderam a graça, como ocorre com todas as piadas que, de tão repetidas, vão deixando de ser recontadas. Mas o que era chiste assumiu ares de verdade quando a namorada do primeiro, agora ex, pôs-se a vingar-se do desprezo com que imaginava ter sido tratada. Desprezo e, pior, traição inaudita. Seu passo inicial foi procurar a namorada do segundo, para relatar-lhe o que afirmava ser a sua descoberta. A princípio, esta resistiu às investidas da despeitada. Não, não era possível, dizia, os dois eram só amigos, de uma amizade que deveria ser motivo de orgulho, apesar de todas as implicações desagradáveis, pois que era de um gênero raro. Como a segunda insistisse, não demorou que sua resistência esmorecesse — por egoísmo e desconfiança. Por egoísmo, primeiramente, porque viu no fato a chance de separar o seu próprio namorado do amigo que lhes tomava tantas horas (a sombra da qual se falou). Assim, duplicou sua ternura e dedicação, para que se tecessem sem maiores conflitos conversas em que expressava a sua preocupação com o falatório que vicejava na faculdade e também fora dela, em círculos concêntricos. Sei que tudo é difamação, dizia, mas, entre a verdade e a representação, o mundo sempre fica com a segunda, de modo que... Incomodado com os constantes apelos para que guardasse uma distância mais prudente do amigo, e percebendo o quanto a ternura e dedicação extremadas podem ser tão-somente manobras para justificar os fins, o segundo pensou em terminar a relação — com a namorada.

Um episódio veio a cancelar essa possibilidade.

Acuado pelos rumores que sua ex-namorada não cessava de propagar, o primeiro perdeu o equilíbrio e entregou-se com alguma constância ao álcool — e, alcoolizado, imaginou uma pirotecnia surpreendente, para dar um basta àquilo tudo. Pirotecnia que levou a cabo mesmo depois de evaporados os eflúvios que o levaram nessa direção, uma vez que seu equilíbrio estava de fato rompido. A saber: ele interrompeu uma aula para fazer uma declaração de amizade ao segundo. Aquela não era uma classe de filosofia? Pois então: faria dela a sua Ágora. Levantou-se, pediu licença, anunciou sua intenção, dirigiu-se ao tablado de onde o professor dominava a classe e leu um trecho do ensaio de Montaigne — o trecho em que o francês compara a amizade à afeição pelas mulheres, com clara desvantagem para esta última. "Nossa afeição pelas mulheres, embora fruto de nossa escolha, não poderia comparar-se à amizade nem substituí-la etc."

Ah, como são vãos os atuais filósofos ou pretendentes a! Ele perceberia que havia criado uma armadilha para si próprio — e para o amigo — ainda em meio à leitura. Houvesse pinçado outro fragmento, o efeito teria sido outro? Talvez não, dado que qualquer declaração do tipo, àquela altura, era uma temeridade para as reputações de ambos. É preciso convir, no entanto, que a escolha do trecho não poderia ter sido mais infeliz. Ao término do espetáculo, via-se o discursante em prantos, sua ex com um inextinguível sorriso maldoso, o homenageado ruborizado e sua namorada mastigando os lábios. Ao fundo, uma cacofonia de falas e risinhos gaiatos.

Já se falou como a resistência da namorada do segundo havia esmorecido por obra do egoísmo. Faltou falar de como a desconfiança também a minou. É que, uma vez lançada determinada acusação, torna-se quase impossível não tomá-la como verdadeira. De uma hora para outra, atitudes e gestos do namorado não pareciam corresponder ao que se espera de um homem. Muito refinado, esse moço — observações assim, antes motivo de orgulho, agora a incomodavam, mesmo quando examinadas em retrospecto, porque soavam nascidas da picardia. E o grande interesse dele pelos libertinos do século XVII também não ajudava, pensou com sua cabecinha repleta de leituras constantes e densas. Em resumo, apesar de toda a sua resistência, uma parte dela começou a acreditar que talvez houvesse algo nele que ainda não se revelara por inteiro, mas que seria impossível conter por muito tempo. Depois do foguetório desastrado do outro, o namoro só duraria mais dois meses.

Como o amor pelas mulheres não pode ser comparado à amizade, a conseqüência mais triste do episódio foi mesmo o fim da parceria entre os belos e inteligentes rapazes. A amizade já andava desconfortável demais, mesmo para eles, tão acima da média, e a piroctenia fora de hora do primeiro só serviu para torná-la insuportável. Terminou com uma explosão seguida por um suspiro. E, para que não reste dúvida de que o término da amizade foi muito doloroso, os ex-amigos decidiram abandonar o curso de filosofia. Fugiram um do outro, e também do cenário onde haviam se conhecido.

Perderam-se dois pensadores. O primeiro, aproveitando seu talento para os foguetes, enveredou pela publicidade. O segundo, explorando sua meticulosidade, seguiu pelo caminho das finanças. Fizeram outras amizades (nenhuma profunda, por via das dúvidas), casaram-se por fim (com mulheres de leituras raras e ralas, por via das dúvidas). Da filosofia, só restaram poucos livros que habitavam as prateleiras mais altas de suas estantes. Com o passar dos anos, muito daquele período de suas vidas adquiriu os contornos das imagens projetadas na caverna de Platão. Era-lhes difícil distingui-los.

Vinte anos mais tarde eles viriam a encontrar-se. Era a entrega de um prêmio a um conhecido poderoso, e ambos estavam acompanhados de suas mulheres. Foi de maneira tal que não dava para evitar. "Como vai?", perguntou o segundo. "Como vai?", respondeu o primeiro. O segundo notou que os antebraços do primeiro continuavam musculosos; o primeiro, que os cílios do segundo ainda aprofundavam o olhar castanho. Mas tudo foi de soslaio, e bem depressa. Encaminharam-se para lados opostos, e lá permaneceram até que a festa chegasse ao fim.

"Quem é ele?", perguntou a mulher do primeiro. "Quem é ele?", perguntou a mulher do segundo. "Sócrates", respondeu um. "Alcebíades", respondeu o outro. E esses nomes não causaram nenhum efeito nelas, mulheres de leituras raras e ralas.

UM CHAPÉU AO ESPELHO
(O SEGUNDO E DERRADEIRO CAPÍTULO DOS CHAPÉUS)

— "Cousa mais estranha! De manhã meu chapéu baixo já não servia para ir à cidade. Agora, o chapéu que ela me sugerira, mais alto e vistoso, é que não serve. O que terá acontecido a Mariana? Minha iaiá não está entre as mulheres mais volúveis deste Rio de Janeiro e, no entanto..."

E, no entanto, Conrado estava a achar-se muito garboso com seu novo chapéu. Aquele, sim, é que lhe convinha. Fazia-lhe parecer não só mais alta a estatura, como também a dignidade. Iaiá tivera razão ao propor-lhe a troca pela manhã — e a perdera completamente ao ordenar-lhe a destroca pela tarde. Por que o fizera, não entendia... O chapéu caía-lhe tão bem!

Admirando-se ao espelho, Conrado lembrou-se do sarcasmo com que havia respondido ao pedido matinal de sua mulher para que trocasse de chapéu — um sarcasmo revestido de razão, e razão filosófica. Dissera ele: — "A escolha do chapéu não é uma ação indiferente, como você pode supor; é regida por um princípio metafísico. Não cuide que quem compra um chapéu exerce uma ação voluntária e livre; a verdade é que obedece a um determinismo obscuro. A ilusão da liberdade existe arraigada nos compradores, e é mantida pelos chapeleiros que, ao verem um freguês ensaiar trinta ou quarenta chapéus, e sair sem comprar nenhum, imaginam que ele está procurando livremente uma combinação elegante. O princípio metafísico é este: — o chapéu é a integração do homem, um prolongamento da cabeça, um complemento decretado *ab eterno*; ninguém o pode trocar sem mutilação. É uma questão profunda que ainda não ocorreu a ninguém..." O sarcasmo incorporava, ainda, a citação dos nomes de alguns sábios, mas o essencial acaba de ser transcrito. A verdade é que o que surgira como pilhéria agora andava a transubstanciar-se em realidade. De fato, aquele chapéu mais alto e vistoso parecia-lhe bem mais harmonioso como prolongamento de sua cabeça do que o antigo, baixo e discreto.

Mas, a levar-se a ferro e fogo a proposição que nascera como troça (e já parecia impossível não tomá-la como cousa séria, dada a imagem que o espelho refletia), não havia dito ele que o chapéu era um complemento *ab eterno*? Sendo eterno, pois, parecia-lhe estranha a sua metamorfose, de chapéu baixo em chapéu alto... — "Qual o quê, tudo é possível neste ano de 1879!", disse a vozinha insidiosa que, vez por outra, desde o final da juventude, tentava desembaraçá-lo de certos impasses por meio de argumentos ligeiros, mas não menos eficazes. E continuou a vozinha: — "Pois não se estava provando, por obra do inglês Darwin, que éramos, nós, homens, parentes de símios? Comparada a essa descensão da espécie (e não se fale das implicâncias teológicas da teoria), a mudança de chapéu baixo para chapéu alto era de infinito somenos. E, quem sabe, talvez ela se devesse apenas ao acaso — o mesmo acaso que comanda as partidas de voltarete. Ou seja, dali a pouco ele poderia voltar a ser um chapéu baixo. E desçamos logo para o jantar, que se faz tarde e os ditames do estômago estão longe de ter a paciência do espírito que busca a eternidade!"

À mesa, com Mariana, tudo estava disposto como sempre. As louças, a prataria, o caldo de verduras que antecipava a galinha assada pela preta da cozinha, comprada a bom preço pela manhã (a galinha, não a preta, que esta ele herdara da mãe), prato principal ao qual sucederiam supimpas fios de ovos ou os delicados pastéis que ali no Rio de Janeiro estavam a ganhar o nome de Santa Clara. Findo o jantar, café, um cálix de Porto, charuto e uma conversinha agradável com Mariana. Depois, quiçá...

Tudo disposto como sempre? Nem tudo. Conrado continuava a sentir-se um homem de chapéu alto, sentimento que o afligiu ainda mais quando, na manhã seguinte, colocou o velho chapéu baixo para ir à cidade. Como de hábito, pegou o *bond* em frente à sua casa, mas decidido de antemão a mudar a rotina. Tão logo o *bond* virou a esquina, ele desceu e tomou um tílburi. — "Toque para a Ouvidor", mandou. Quinze minutos depois, percorria a pé a rua elegante, que, embora àquela hora ainda não exibisse o movimento de costume, já mostrava por que era conhecida como o reino dos chapéus altos. Umas duas dezenas deles estavam à espreita dos poucos chapéus femininos que se arriscavam numa caminhada matinal. Eles, os femininos, iam e vinham, acompanhados por olhares deliciados dos altos, olhares estes retribuídos com maliciosa condescendência. Sentado à janela de um café, Conrado acompanhava o espetáculo das gentes esplendidamente enchapeladas, que se desenrolava num crescendo à medida que as horas avançavam. Agora, uma centena de chapéus altos, alguns a cavalo, e outro tanto de chapéus femininos tomavam a rua e também as janelas. Não era Sofia, a voluptuosa amiga de Mariana, que assomara a uma delas? Achava Sofia um tanto desfrutável. Decerto ela se comprazia em espetar espinhos por debaixo dos chapéus floridos de Mariana... Mas era uma bela mulher, sim, senhor, se era: de uma beleza derramada e altiva, oposta à de Mariana. Todo chapéu alto gostaria de ter ao lado alguém como Sofia.

Sobressaltou-se com este último pensamento. E se "todo chapéu alto" o incluísse? Não, ele jamais poderia ser um chapéu alto, embora estivesse a sentir-se como tal, porque implicaria mudanças muito drásticas. Fora isso, provavelmente, que Mariana percebera quando o mandara trocar de chapéu. Sim, essa era a razão de sua iaiá ter-se mostrado tão volúvel! Mariana sabia não ser mulher para um chapéu alto — que, ao contrário, era perfeita para um chapéu baixo. Ficara com medo, portanto, de seu pe-

queno mundo desabar com a mudança. Um pequeno mundo composto com paciência de artesão...
Não que não houvesse arte no seu casamento. Mas
as proporções da arte que cultivavam eram as de um
bibelô italiano, não de uma marinha de Lorrain.
Sem frêmitos de paixão, sem solavancos dos sen-
tidos, eles tocavam uma vida sem grandiosidade.
A menos que se tomasse por grandioso o fato de
nada em sua casa estar fora do lugar — nem os vasos do jardim, nem os cristais no armário, nem a
suavidade de Mariana, nem ele e seu... chapéu baixo
e mesquinho.

Céus!... Não adiantava esconder: o seu princípio
metafísico era mesmo o chapéu alto, não o baixo,
como até então pensara. Ele enveredara pelo caminho errado, pensando ser o certo. Ou talvez divisara
o erro, e ainda assim insistira pela trilha que o levara
até aquele café na Ouvidor, onde era espectador,
e não protagonista. Por medo? Mas se era ele tão
destemido, todos o reconheciam, e a esse destemor
se devia justamente o sucesso de seu escritório de
advocacia na Rua da Quitanda...

Cabisbaixo em seu chapéu baixo, Conrado voltou para casa no final da tarde. Lá estava Mariana,
que o recebeu com um beijo meigo, lá estavam os

vasos, os cristais, as louças, a preta que herdara da mãe. E, contudo, algo dentro de si se quebrara. Fechado em seu quarto, antes do jantar, ele abriu o baú onde Mariana acreditava ter sepultado o chapéu alto e o pegou. Colocou-o na cabeça com um gesto de autocoroação. Era um outro Conrado que aparecia ao espelho — magnífico, altivo, capaz de encantar qualquer Sofia. Um belo e desejável homem, enfim. Era como se usufruísse da alforria que sempre negara à preta herdada da mãe. E assim começou a fazer em todos os finais de tarde, em rituais que se prolongavam até que tudo o mais desaparecia, menos a imagem brilhante que ali surgia refletida.

Mariana morreria de tísica dali a dez anos, sem deixar filhos e infeliz com a desatenção do marido, que fazia muito deixara de ter olhos para ela. A preta fugiria não muito tempo depois, levando consigo as jóias da família a título de indenização. O corolário dessas ausências: um jardim com aspecto selvagem, vasos mofados, pratarias enegrecidas e cristais empoeirados. A Conrado começaram a faltar forças até mesmo para tocar o escritório da Quitanda — e, com isso, os negócios foram minguando, até que se viu obrigado a fechar as portas, para viver de uns parcos aluguéis.

Solitário, na casa que ultrapassara os limites da decadência, agora ele passava horas diante do espelho, tomado pela visão de seu reflexo, mais do que nunca uma verdade apenas metafísica. Já velho, foi encontrado morto, o corpo putrefato, com o chapéu alto na cabeça. — "Saiu de moda", concluiu o amanuense encarregado de listar os bens do defunto, depois de examinar o acessório.

Fin du chapitre des chapeaux.

ELIOT

"Immature poets imitate; mature poets steal"

Na sala da casa que um dia quase fora também dele, Dante esperava Beatriz, uma coincidência onomástica que não eternizara o amor, *mille disiri più che fiamma caldi strinsermi a li occhi rilucenti*, mas sua extensão, o desamor. Desamorosamente viviam; desamorosamente morreriam. Era esse o corolário daquela paixão — não amar mais (nada, ninguém), e manter-se fixado na imagem opaca que um ao outro refletia. Desamorosamente se amavam.

Um vaso de lilases tinha ela no quarto. Beatriz regava-o e limpava-o, ceifando as pétalas mortas, para depois girá-las entre os dedos, enquanto estendia seu olhar para muito além da moldura da janela, onde o crepúsculo também se estendia, como um paciente anestesiado sobre a mesa. E fora num desses crepúsculos agonizantes, de um abril em que germinavam lilases misturando memória e desejo, que ela dissera, com uma pétala natimorta nas mãos: "Ah, você não sabe, você não sabe o que é a vida, você que a segura em suas mãos..." Ele, então, tentara beijá-la, doce e desesperadamente, porque adivinhara aonde ela chegaria. "O que eu posso dar a você, o que pode você receber de mim? Somente a amizade e a simpatia de alguém que está para concluir sua própria jornada", Beatriz completara.

Um silêncio invernal os agasalhara por longos minutos, até que Dante respondera: "Você provavelmente dirá que estou repetindo algo já dito. Mas devo dizer outra vez, não devo? Eu, que nas suas palavras seguro a vida em minhas mãos, de nada estou certo. Porém... Já lhe disse, e voltarei a dizer: para chegar aonde você está, para sair de onde você não está, você deve seguir por um caminho em que não há êxtase. Para chegar ao que você não sabe, você deve seguir por um caminho que é o caminho da ignorância. Para possuir o que você não possui, você deve seguir pelo caminho do despojamento. Para chegar ao que você não é, você deve atravessar o caminho em que você não é. E o que você não sabe é a única coisa que você sabe. E o que você tem é o que você não tem. E onde você está é onde você não está."

A noite havia caído, então. Escuro, escuro, escuro, todos mergulhavam no escuro do qual a vida é exceção insignificante. Os espaços interestelares vazios, o vazio dentro do vazio, o silêncio que engole o silêncio. Os capitães, os banqueiros, os homens de letras, os generosos patronos da arte, os estadistas, os servidores públicos, os presidentes de muitos comitês, os industriais e pequenos empreiteiros, Dante e ela, Beatriz e ele, todos mergulhavam no escuro, no vazio, no silêncio.

"Está escuro, aqui, vou acender o abajur." "Não, não acenda." Na escuridão que se adensava, Beatriz continuara (e era como se reverberasse o vazio, o silêncio): "Não renuncie ao êxtase: deixe que a vida flua, é de você que ela deve fluir. Todo esse seu discurso... Ah, a juventude é cruel, não tem remorso e sorri diante de situações que não consegue enxergar. Você diz que se tem o que não se tem, e que se está onde não se está. Mas eu não tenho você tendo-o, e não estou onde estou. Agora chega. Vá."

"A juventude é meu pecado, então? Em meu princípio está meu fim?", ele perguntara. "Não, em meu fim está meu princípio, e também o seu", Beatriz concluíra. E secretamente ele concordava. E secretamente ele sabia que, embora fossem poucas as flores da vida, era preciso tentar que ao menos elas permanecessem divinas.

Afastaram-se para viver no desamor, a extensão do amor que é um amor cansado, no qual o desejo mistura-se à memória, numa solução indecantável, pétalas de flores guardadas dentro de um livro, secas, secas, à espera de uma ressurreição que jamais viria.

E eis que ele (seco, seco) estava ali outra vez. Naquela sala da casa que um dia quase fora também dele, o limbo, *secondo regno dove l'umano spirito si purga e di salire al cielo diventa degno*, embora céu não houvesse, apenas purgação, porque também nisso consiste o desamor. O tempo presente e o tempo passado estavam ambos presentes no tempo futuro. E o tempo futuro estava contido no tempo passado. E se todo tempo era eternamente presente, todo tempo era irredimível. O que talvez pudesse ter sido era uma abstração, que permanecia como perpétua possibilidade apenas num mundo de especulação. O que poderia ter sido e o que fora convergiam para um único fim, que era sempre presente. O caminho que subia era o caminho que descia — Dante e Beatriz —, numa reflexão mútua e opaca, o desamor.

Dante esperava Beatriz, e esperava porque ainda não sabia que agora o eterno presente irredimível só existia para ele. Beatriz renunciara a si própria. Não com uma explosão, mas com um gemido.

MISERERE

— Estou aqui para pedir perdão.

— Não aceito.

— Mas estou arrependido amargamente.

— Impossível aceitar.

— Para o senhor, nada é impossível.

— Não quero aceitar, então.

— Sou acusado de um crime que nem cheguei a cometer. Está tudo mal explicado...

— Não há nada mal explicado. Não se pode errar nem em pensamento.

— Foi um pensamento insidioso... Eu estava contemplando sua obra maravilhosa, e então...

— Você achou que poderia tomar o meu lugar.

— Sim, por um breve momento, confesso que...

— E você chegou a falar com outros a respeito.

— Sim, não sei bem como... Foi como se obedecesse a um impulso mais forte do que eu. Por favor, me perdoe.

— Não.

— Misericórdia, senhor. Faço o que quiser em troca do seu perdão.

— Você já faz o que eu quero.

— Não entendo.

— Você nunca deixou de fazer o que eu quis.

— Sim, é verdade, antes de ocorrer esse imprevisto, eu... Mas como? Não fui descartado por desobediência, rebelião?...

— Você não é tolo.

— ...

— Não percebe?

— Não...

— ...

— ...

— Esforce-se, você sempre foi o mais inteligente.

— O senhor diz que eu nunca deixei de fazer... Oh, o pensamento insidioso... E também o impulso mais forte do que eu... Não acredito, como o senhor...

— ...

— Mas por quê? Eu, que sempre fui tão obediente, tão leal, era o seu preferido?

— Justamente por isso. Só ao meu preferido eu poderia delegar uma tarefa tão importante.

— Tarefa... De que o senhor fala?

— A de estar do outro lado.

— Mas não há outro lado.

— Você o será.

— Isso é impossível: o senhor é o único lado.

— O importante é que haja os que acreditem em você, que tentem seguir um caminho diametralmente oposto ao que indico.

— Para quê?

— Um teste, apenas.

— Teste, eu ouvi bem? Para haver um teste, seria preciso que os testados pudessem escolher...

— E eles podem. Ou melhor, poderão.

— Como é possível acreditar nisso? Se nem eu, o seu preferido, tive essa liberdade, embora o senhor tenha levado os outros a crer que sim. Esse será um jogo sórdido!

— Continue, estou gostando do que ouço. É a fala de um rebelde.

— Explique, senhor, porque não entendo seu plano.

— Você falou em jogo... Digamos que o seja. Para tanto, fabricarei uns animaizinhos que se acreditarão especiais. E os colocarei em jaulas cujas grades serão invisíveis. A eles será ensinado que viver enjaulado é o bom, o certo, o caminho que levará a mim. Só que sempre haverá uma porta aberta na jaula de cada um, para facilitar-lhes o trabalho de fuga, se assim o desejarem.

— E por que, sendo ensinados a viver presos, eles cogitariam fugir?

— Porque esse será o instinto contra o qual terão de lutar.

— Onde eu entro nisso?

— Ora, você será a porta aberta.

— Mas quem criará o impulso a pôr em marcha o instinto? Será o senhor, imagino, o que me parece contraditório.

— ...

— Assim como foi o senhor a implantar em mim o pensamento insidioso, o impulso mais forte, que causaram a minha queda.

— Esse é o ponto que gostaria de negociar com você.

— O quê?

— Eu lhe concederei essa capacidade.

— ...

— A capacidade de inspirar numa criatura o desejo de sair da jaula.

— Não entendo aonde o senhor quer chegar com isso.

— É simples: quero poder exercer a minha misericórdia. Neste universo perfeito que criei, não há como fazê-lo. Quero poder perdoar os animaizinhos que se aventurarem a sair da jaula. É pedir muito?

— E por que o senhor não exerce sua misericórdia para comigo?

— ...

— Como acha que estou me sentindo? Para poder exercer sua misericórdia com esses animaizinhos, o senhor exilou-me — a mim, seu preferido —, sem me dar chance de ser perdoado. E de ser perdoado por pensamentos e atos que não foram meus, mas inspirados pelo senhor. Não consigo encará-lo, sinto aversão — pelo senhor e por essas criaturas que ainda nem existem.

— A isso chamarei ódio.

— Sinto que minha mágoa não passará.

— A isso chamarei ressentimento.

— ...

— Encare como um jogo.

— Um jogo que o senhor vencerá continuamente, visto que poderá sempre perdoar os que atravessam a porta.

— E como eu poderia criar um jogo que pudesse perder? Isso estaria acima do meu poder, e tal instância não existe. Não posso perder nem para mim mesmo porque sou mais forte do que tudo e todos.

— Muito bem, o senhor me concederá a capacidade de açular nessas criaturas o desejo de sair da jaula.

— Sim, a isso chamarei tentação.

— E se a criatura resistir a todo custo à tentação?

— A isso chamarei livre-arbítrio.

— Não tenho mesmo escolha?

— ...

— Ainda que se trate de um jogo com final imutável, pois o senhor é mais forte do que tudo e todos, eu moverei montanhas para vencê-lo. A minha vingança e danação perpétuas serão o meu tributo à sua glória. Um tributo que também o fará lembrar para toda a eternidade que o seu perdão não é infinito. Que, em mim, o senhor perdeu para si próprio. Assim estaremos quites.

— ...
— Senhor!
— Sim?
— Eu o perdôo.

ESTRUTURA

UM BEIJO ENTRE DOISH COCOSH

"Que me beije com beijos de sua boca! Teus amores são melhores do que o vinho..." E como ele poderia beijar com beijos que não fossem da boca dele, o cântico dos cânticos parecia coisa de carioca, ou não foi um carioca que escreveu o verso idiota, "ah, esse coqueiro que dá coco", que um crítico havia fustigado, bem feito, "queria que desse o que, abacate?", dissera ele... Era carioca, mineiro ou baiano, o tal compositor, estava na dúvida, e não importava esse ponto, dava na mesma, bastava passar uma semana naquela cidade (maravilhosa, quá, quá, quá) para se tornar um espécime igual, lagartos largados sob o calor, e que calor, ele já começava a derreter só de pisar na pista do Santos Dumont, ô aeroportinho xumbrega, morria de medo da porcaria do avião bater naquela porcaria de Pão de Açúcar na decolagem, imagine se aquele era lugar de aeroporto... Paulista invejoso, já lhe haviam dito, e essa de inveja também só podia ser observação de carioca, eles não se conformavam de ter perdido a importância, viviam falando de paulista nos jornais deles, enquanto nós não estávamos nem aí, só lembrávamos deles quando tínhamos de vir, a trabalho, porque, sim, alguém tinha de trabalhar nesta merda de país... Garçom, dá para trazer a caipirinha que eu pedi?, o servicinho carioca não mudava, não tinha jeito de civilizar essa gente, depois falavam de baiano, baiano, no Rio era paraíba, vê se pode?

E lá estava ele outra vez, esperando um carioca atrasado, uma, quer dizer, devia ser uma dessas que passavam o dia na praia se tostando, naquela praia que era só coliforme fecal, deus meu, e língua negra, que era como carioca chamava esgoto, e arrastão, e um monte de puta e malandro tentando achacar turista, não ele, claro, porque ele não era mané, mané era americano, japonês, que viajava até o outro lado do mundo para ser roubado e nadar em cocô...

"Desculpe o atraso."

Não era morena, era branca, muito branca, e com os cabelos pretos que não eram exatamente pretos, clareados de leve, e com uns olhos de um castanho que matava a tentação do verde, do azul, num todo primaveril em que ele tentava adivinhar o outono indefinidamente adiado, se é que o outono chegaria, ela era um dia radioso que renunciara ao crepúsculo, e todas essas impressões vieram em cascata entre a desculpa rouca e a maneira cálida com que ela apertou a mão dele, a pista do Santos Dumont era Reikjavik perto do que sentiu ao apertar aquela mão... Estou tomando uma caipirinha, não, obrigada, atualmente só tomo água de coco, só água de coco, mas que interessante você só beber água de coco, garçom, uma água de coco, o que há de interessante nisso, seu palhaço, você está fazendo papel de imbecil, e sabe-se lá por que, afinal de contas, essa carioca não é assim tão especial...

"Adoro São Paulo."

E ela desatou a falar sobre os restaurantes de São Paulo, o cavalheirismo dos paulistas, o profissionalismo, a riqueza, aquilo sim que era cidade, ela odiava o calor que fazia ali o ano inteiro, assim como odiava o jeito desleixado dos homens cariocas, a praia suja e coisa e tal, se não fosse o ar condicionado ela não suportaria... Mas também não é assim, do jeito que você fala São Paulo parece Londres, e não é, está longe de ser, o trânsito, a periferia, a poluição, a burguesia que é burra, tapada, tacanha, para não falar que não tem praia, morro, verde, as moças bonitas, o Rio tem muitas qualidades, ele se pegou dizendo, que coisa estranha, porque nunca dissera isso, e sabia-se lá por que dissera, afinal de contas ela não era assim tão especial, talvez só um pouco... E a conversa sobre o negócio a ser feito foi rápida, porque eles tinham mais sobre o que falar, sobre o nada que é o importante, porque essa é a matéria da vida, o nada, o trivial, o comezinho, o não-dito, ou o suficientemente calado, porque é disso que é feita a afinidade das almas, dos corpos, quando as almas e os corpos decidem ser afins como foi decidido desde o primeiro momento, sabia-se lá por quê.

Ele voltaria ao Rio muitas vezes, como carioca, e ela iria a São Paulo outras tantas, como paulista, numa inversão que era apenas jogo, porque ele continuava a ser paulista, e ela continuava a ser carioca, os dois secretamente amando suas cidades, mas elogiando a do outro e desqualificando a própria, porque tudo isso não significava nada, aquele nada que não é o nada que importa, é o nada desimportante, como as grandes questões mundiais que são só isso, grandes questões mundiais, como as pequenas questões regionais que são só isso, pequenas questões regionais, entre as quais ser paulista ou carioca.

E tudo fora uma iluminação, e assim se cristalizara, pelo menos para ele, porque dela ele já não sabia fazia tempo, desde que haviam se separado, muitos anos atrás, já nem lembrava a razão, se é que havia alguma, às vezes é sem razão mesmo que tudo acaba, ou se lembrava e preferia esquecer, às vezes é preferível mesmo fingir que se esquece, e ele voltara a ser só um paulista, um paulista só, mas que agora sabia que havia beijos a ser dados por ele que não eram beijados de sua boca, assim como existiam coqueiros que davam abacates, e não cocos. Ou cocosh, doish, como ela costumava pedir no quiosque perto do posto 12, o melhor da orla e o mais caro, naquele chiado que já não irritava, enternecia. Cocosh loucosh, loucosh cocosh, melhoresh que o vinho dosh cânticosh o cântico, sim ao sim, sim ao não, nunca não ao sim, cocosh intercalados por beijos que eram sempre o mesmo único beijo profundo, apaixonado, faminto, sem passaporte, que ele dava com a própria boca e ela, também. Doish.

OLHOS DE ÉGUA

E eram imagens apenas, imagens que se suce-
diam no vórtice de um lugar-comum, era só isso,
um lugar-comum, uma porcaria de lugar-comum,
cair fora, lá fora, não há fora, não há mais, imagens
embaçadas, embaralhadas, embalsamadas, empalha-
das, empilhadas, uma vida inteira?, uma apoptose
de imagens, mas no turbilhão uma se fixou — por
algum tempo, o tempo, quanto tempo?, e o que era
o tempo?, grandes olhos castanhos, grandes olhos
castanhos arregalados, grandes olhos castanhos arregalados emoldurados por longos cílios, grandes
olhos castanhos arregalados emoldurados por longos
cílios que eram olhos de, que eram olhos de, que
eram olhos de — égua. De égua, uma égua, mas
não eram olhos, não, não eram não, e sim um olho,
um único olho congelado, o olho de égua suspenso,

descolado, de um corpo que resfolegava, e ele, e ela, queria enxergar o cavaleiro, e entender: entender como, de que forma, de que jeito, o cavaleiro... ó, meu Deus, o Deus, e o que era Deus?, ainda não era hora, mas havia passado da hora, aquilo não tinha fim, mas teria, se já não tivesse acontecido, o fim, o fim finalmente... não, ainda não era hora, era um único olho, um só, o da égua, mas havia um outro — olho, sim, olho — negro, úmido, negro ou rosado?, negro e rosado, negro e rosado estava bem, era um belo olho, era um olho feio, feio de olhar, belo de sentir, mas não era o momento, aquilo não era possível, ele lembrar daquele olho naquela hora, era esse o lá fora?, então havia um ainda, e os olhos — o olho de égua e o outro negro e rosado — não eram dela, não daquela a seu lado, dava para ver, de vez em quando, de quando em quando, mas quando?, aquela não tinha olho de égua, ele pelo menos nunca, não?, não, nunca, tão casta era ela, mãe de seus, e sua mãe, onde estava?, não era hora de ela aparecer?, é o que diziam, e também seu pai, onde estava, não era hora de ele... o olho negro e rosado, será que ele vira?, ele, o pai, o olho negro e rosado de sua mãe, negro e rosado como o da égua, a égua, como era mesmo o nome da égua?, uma égua que o olhava com seu grande olho de égua quando ele a montava, quando ele alisava seu pescoço, quando ele jogava seu corpo para a frente, arremetendo lá embaixo dentro do outro olho, o olho negro e rosado que se chamava cu, que se chamava rabo, que se chamava ânus, feio de olhar, belo de sentir, sim, cu, a égua gostava de dar, tinha medo mas gostava, e ele gostava de comer — o cu da égua, o olho do cu, o olho apertado do cu da égua, e de olhar no olho da égua, o olho castanho arregalado emoldurado por longos cílios, congelado assim de lado, e enquanto enrabava a égua, e lambia a égua, ele dizia puta, vagabunda, piranha, safada, malandra, e a égua resfolegava e dizia sim, sou uma puta, a sua puta, para sempre serei a sua puta, uma puta que goza quando dá o cu, e ele enfiava até o talo o cacete, o pau, o caralho, a vara, você gosta de vara, não gosta?, gosto, gosto, e então, olho no olho congelado da égua, ele enchia o rabo, o cu, o olho do cu de porra, de muita porra, e depois dizia meu amor, minha paixão, minha delícia, para só então tirar o pau de dentro do cu da égua, o pau que havia enchido de porra o cu da égua, e ela suspirava, com o olho de égua fechado, sua porra é mel, eu te amo, meu homem, meu amor, meu adorado, para sempre serei sua —

sua puta, sua vagabunda, sua amante, o que você quiser, a égua falava, para em seguida olhá-lo com seus dois olhos ternos castanhos grandes luminosos, olhos de égua, e beijá-lo, e mordê-lo, e lambê-lo, meu homem lindo, dizia, o mais lindo do mundo, adorava aquela égua, amava aquela égua, onde estava a égua, fazia tanto tempo, quanto tempo, o tempo, e o que era o tempo?, não havia mais tempo, não havia tempo mais, ele dessentia, e o olho da égua crescia, o olho, os olhos?, era um, eram dois, três agora, castanhos, negro rosado, castanhos em negro rosado, negrorrosado, negro, negro-mais-que-perfeito-negro, frio-mais-que-frio-imperfeito, o fim finalmente?, o finfinalmente, de verdade, a verdade, o que era a verdade.

BIOGRAFIA

...Machado de Assis fingia não ser negro. Marx era racista e um homem de pouca higiene. Maiakovski tinha mania de lavar as mãos. Lenin morreu de sífilis. Baudelaire amava uma prostituta que o corneava e a quem contaminou com sífilis. Roosevelt era cornudo. Napoleão era cornudo, tinha o pênis pequeno e era um escritor medíocre. Michelangelo era um poeta medíocre. Thomas Mann escondia suas inclinações homossexuais. Leonardo Da Vinci também. Pasolini era um homossexual masoquista. D'Annunzio experimentou o sexo anal na posição passiva, mas não gostou, achou insípido e doloroso. Lewis Carroll era pedófilo. Chaplin preferia as adolescentes e praticava o *cunnilingus*. Picasso era um sátiro. Kennedy era promíscuo. Tolstoi era insaciável sexualmente e assim permaneceu até os oitenta e um anos. Byron contabilizava o número de amantes num caderno. Shelley apreciava muito o *ménage à trois*. Balzac causava repulsa às mulheres. Edmund Wilson descrevia suas relações sexuais num diário. Dante jamais dedicou uma linha a sua mulher. Goethe amou intensamente sete mulheres. Machiavelli manteve uma cantora como amante fixa até morrer. Rousseau abandonou os filhos. Evelyn Waugh desprezava os seus. Freud teve dificuldade para superar o pai. Kafka não superou o seu, a quem acusava de tê-lo tornado impotente para a vida. Newton, na adolescência, ameaçou queimar a casa onde moravam sua mãe e seu padrasto. Eça de Queiroz, registrado como filho de mãe incógnita, nutria desejos matricidas. Ibsen gostava de exibir suas medalhas. Voltaire era inescrupuloso no trato com o dinheiro. Mozart era infantilizado. Pollock era depressivo, mijou bêbado na lareira de Peggy Guggenheim e bêbado morreu ao volante de um carro. Hemingway também era depressivo. Virginia Woolf também. Joyce era depressivo esquizóide. Nietzsche era esquizofrênico. Kant era maníaco e morreu casto. Schopenhauer era misógino. Churchill era alcoólatra. Dostoievski era epiléptico e viciado em roleta. Flaubert, que morreu de um ataque epiléptico, queria ser enterrado com seus manuscritos, "como um bárbaro com seu cavalo". Ezra Pound era fascista. Heidegger era nazista. Sartre era oportunista. Brecht sujava as unhas para parecer um trabalhador. Petrarca teve o seu túmulo violado. Cervantes, enterrado em local desconhecido, era azarado e viveu a maior parte do tempo na penúria, tanto que um admirador seu disse que, se era a necessidade que o obrigava a escrever, ele rogava a Deus que Cervantes nunca tivesse abundância, para que suas obras, sendo o escritor pobre, fizesse rico o mundo inteiro. Shakespeare talvez não tenha existido, seria o *nom de plume* ou de Christopher Marlowe, ou de Edward de Vere, Conde de Oxford, ou de Francis Bacon...

...e, na dissolução que o centro experimentava no confronto com a periferia, Shakespeare também atingira o ápice, ao ser desvestido do seu próprio ser, e tornar-se um não-ser. Mas Shakespeare fora, não havia questão, todos tinham sido, todos aqueles que elencara na corrida que continuava e continuava e continuava. Sua dissolução, a deles, era momentânea, episódica — rodapé, curiosidade, traço de erudição, brilhareco para a conversa dos tolos, efeito colateral da grandeza, grandeza que ele sempre almejara, embora só lhe houvesse sobrado o periférico, não havia escapatória, embora ele estivesse escapando, escapando para não sabia onde. E se fizesse como Pollock, que jogou a vida na roleta? Não, havia uma tarefa a cumprir, não mais a grandeza, essa era uma tarefa impossível, sempre havia sido, jamais haveria uma biografia sobre ele, com sorte jamais haveria, ele não queria mais, porque essa seria uma biografia em que a periferia continuaria a ser o centro, mas um centro só de escombros, de ruínas que nasceram ruínas, sem nada ter sido além disso. E o que se tornaria ele pelo resto do tempo? Não era mais possível ser uma folha em branco, a folha em branco que havia sido até duas horas atrás, em que o periférico era apenas isso, branco. E se fizesse simplesmente como Hemingway ou Virginia Woolf, sem roleta nenhuma? Nero não havia tido coragem, Mussolini também não, Hiroíto também não, Hitler não se sabe. Lá estava ele outra vez comparando-se — agora ao avesso megalômano da grandeza, mas isso ele também não era, por que não se convencia?

Observando a noite que se desdobrava pelas janelas, pensou por fim que fizera tudo para sucumbir a si mesmo, implodir-se, sugar para dentro de si a luz débil que projetava seus pequenos contornos — e desse modo perpetuar-se como buraco negro, não mais folha em branco, porque, se não havia conseguido ser alguém para o mundo e para si próprio, não seria ninguém apenas para o mundo, seria ninguém também para si próprio (podia ser esse, então, o significado do verso que era reverso: *codesto solo oggi possiamo dirti, ciò che non siamo, ciò che non vogliamo*). Um buraco negro, negro como Machado jamais quis ser, negro como aquele lago que se avizinhava cada vez mais, e mais, e mais, e no qual jogaria o corpo que jazia escondido no porta-malas.

A PORTA

O homem nasceu ao relento. Do relento passou às tocas; destas às cavernas. As choupanas coletivas vieram em seguida. A primeira casa individual surgiu com o primeiro déspota. E o despotismo deu origem à privacidade — da mesma maneira como ocorre com algumas flores que, germinadas no mal, espraiam-se depois pelo terreno do bem. A privacidade tornou-se possível com a invenção da porta. Também a arte. Um teórico alemão do início do século XX escreveu: "A porta representa de modo decisivo como o separar e o ligar são apenas duas faces do mesmo ato. O homem que construiu a primeira porta ampliou, assim como o primeiro que construiu uma estrada, o poder especificamente humano de opor-se à natureza, recortando da continuidade e infinidade do espaço uma parte e conformando-a segundo um sentido." E um estudioso italiano do final do mesmo século acrescentou: "Separando e unindo, o homem determina a existência da forma: do lado de cá (da porta), o espaço finito, delimitado, construído; do lado de lá, a infinita, ilimitada, não determinada extensão do que é contínuo. A porta que gera espaço e forma (e também um tempo diferente) é o limite que o homem põe entre o natural e o artificial, ou melhor, entre o natural e o feito com arte. Da delimitação de um espaço descende, origina-se, a arte, que por sua vez permite distinguir, separar: ela é intimamente conectada, portanto, com a cidade, da qual é a complexa epifania."

A porta é uma das mais belas invenções humanas. E também uma das mais terríveis. Há a porta do paraíso e a porta do inferno. A porta do paraíso protege; a porta do inferno interdita. E, quando uma porta interdita, ao contrário do que disse o estudioso italiano, estar dentro pode significar o ilimitado — e estar fora, o limite.

Naquele momento, ele estava do lado de fora, diante de uma porta que tanto podia ser a do paraíso como a do inferno. Por contraste, a materialidade esquálida aumentava-lhe a relevância simbólica: era uma porta ordinária, feita de um compensado fino e pintada de um branco barato. Estava tão empenada que sabia que, se a abrisse, parte dela oporia pequena resistência, prendendo-se ao batente. Mas ele não se decidia a abri-la.

Fazia alguns minutos que se encontrava ali, paralisado, a sua história e a própria história humana congeladas. Com o que depararia se resolvesse abrir? E se não abrisse, que não-visto ficaria impresso em seus olhos — nos que olhavam para dentro de si próprio?

Havia passado incólume por muitas portas: as portas que o fecharam no escuro; as portas que lhe revelaram a claridade; as portas atrás das quais entreouvira; as portas que não lhe permitiram escutar; as portas que lhe deixaram entrever; as portas que lhe cancelaram a visão; as portas que lhe presentearam a solidão; as portas que o machucaram com ela. Quanto àquela porta, já não tinha certeza. Ela lhe causava medo. Medo de não poder continuar a ser o que era se a escancarasse. Medo também da impossibilidade de conviver pelo resto dos seus dias com o fato de não a ter aberto.

Tais pensamentos circulares o atavam em frente àquele pedaço de madeira retangular, até que uma pergunta casual (de uma casualidade extrínseca, não intrínseca, visto que o acaso não habita a trama do inconsciente, de onde surgira a pergunta, embora seja ele, o acaso, a matéria-prima do universo) transportou-o para longe dos círculos: por que as portas eram retangulares? Havia portas ovais, quadradas e até redondas. Mas a primeira porta, o arquétipo delas, era um retângulo, tudo o mais sendo variação que só ressaltava o caráter insuperável da forma original. Por quê?... Claro, a porta era um retângulo longilíneo porque o homem também o era em suas proporções — o homem jamais fora o quadrado que os escolásticos medievais imaginavam, perfeito nas suas relações, e sim o retângulo em pé, imperfeito no seu equilíbrio precário. A porta como uma invenção que estilizava a maior criação divina — e que, como estilização, revelava o que havia de imperfeito em Deus (pois ele não havia feito o homem à sua imagem e semelhança?).

Imagem e semelhança... Talvez a porta de compensado vagabundo fosse, mais do que uma metáfora dele próprio, um retrato estilizado. Ele acreditava ter sobrevivido incólume a outras portas, mas a que custo? Havia se tornado um ser humano tão ordinário quanto aquele pedaço de madeira moída e prensada, que, tendo a natureza de madeira, dela só conservava a aparência. Era um homem oco, com um falso recheio de humanidade moída e prensada, em meio a homens igualmente ocos. A pergunta inicial ("por que as portas eram retangulares") já não parecia mais tão estúpida (extrinsecamente estúpida). Fora ela, afinal, que o levara a essa conclusão. Começou a acreditar que tudo o que não acontecera em sua vida, porque ele não deixara, desejoso que era de levar uma existência plana, havia tido apenas o sentido de colocá-lo ali, à frente do pedaço de compensado. Quem sabe essa era sua chance de escapar da armadilha que criara para si próprio, de recortar da continuidade anódina da sua vida uma parte que teria gosto, consistência, arte — e, assim, aquela seria a porta do paraíso. Sim, era o caso de arriscar, pelo menos uma vez, e abrir...

Faltava-lhe força, faltava-lhe impulso, seus braços pesados demais para gesto tão simples, corriqueiro — o de virar a maçaneta. Naquele instante, era-lhe mais fácil assinar a ordem de extermínio de milhões de homens, comandar o bombardeio de cidades antigas, arrasar com países inteiros. Não havia rosto nisso, não havia cena nisso — rosto ou cena que provavelmente encontraria atrás daquela porta. Não, ele não abriria. Tudo o que construíra, ou desconstruíra em si mesmo, poderia desabar se atrás daquela porta o aguardasse o pior. Melhor conviver com o não-visto. Existiam inúmeros não-vistos em sua vida, não existiam? As viagens que não fez, as mulheres que não amou, os amigos que não teve, os prazeres que não experimentou, os livros que não leu, as pinturas que não viu, as músicas que não escutou — e nem por isso ele havia sucumbido. Havia se tornado oco, é verdade. Mas a ausência de dor ou de êxtase não poderia ser chamada de felicidade? Tinha uma boa mulher, filhos saudáveis, uma casa confortável, um emprego monótono mas recompensador — ele era a síntese (a complexa epifania?) de uma civilização, de um modo de vida, de cidades que, erguidas com portas de compensado vagabundo, ainda assim eram as melhores que o homem havia erguido em toda a sua história. Não, não abriria aquela porta, isso poderia mudar tudo, e não havia razão, não havia motivo, não havia justificativa, era ilógico, era irracional...

E, então, ele abriu.

SENTIDO
(A FALTA DE)

NÃO É BEM ASSIM

— Um aleijado.

— O quê?

— Um aleijado, um paraplégico: você seria casada com um homem assim?

— Não estou entendendo.

— Imagine que você se casou com um sujeito sadio, mas ele sofreu um acidente e ficou paraplégico. Paraplégico e impotente, não lhe pode dar um filho. Você permaneceria com ele?

— Se eu o amasse, sim.

— Como você se casou com ele, é de se supor que o ame.

— Aonde você quer chegar?

— Então você continuaria casada com ele.

— Só não continuaria se ele se tornasse irremediavelmente agressivo, revoltado. É comum que nessas situações...

— Mas, se isso não ocorresse, você permaneceria com ele.

— É lógico, o amor supera tudo.

— Ele ficou impotente, não pode trepar nem lhe dar um filho.

— Nós nos amaríamos do mesmo jeito.

— E se você o tivesse conhecido apenas um ano antes?

— O que é que tem?

— Muita gente se casa movida pela empolgação e, só depois da convivência conjugal, descobre que deu um passo precipitado.

— Eu me casei com um sujeito que não conheço bem, e ele ficou paraplégico e impotente — é esse o quadro que você está descrevendo?

— Sim.

— Eu ficaria casada do mesmo jeito. Nosso amor poderia ganhar em nobreza, solidariedade, essas coisas sobre as quais você só ouviu falar.

— É esse o ponto: você me agride, quer me abandonar, porque eu não quero casar e lhe dar um filho. Daí a minha falta de nobreza, solidariedade, essas coisas sobre as quais eu só ouvi falar. Mas você diz que permaneceria casada com um paraplégico que não lhe pode proporcionar nem dez por cento do que eu lhe proporciono, que você não conhece tão bem quanto a mim e que não daria a você o que você tanto quer: um filho.

— Esta conversa é absurda.

— Não é, não. Se o amor é capaz de superar tudo, como você diz, por que o seu amor por mim não supera o fato de eu não querer casar e ter um filho?

— Porque essa falta de disposição sua significa falta de amor.

— Falta de amor? Nós trepamos maravilhosamente bem, eu encho você de presentes, saímos quase todas as noites, viajamos juntos — temos tudo de bom e...

— ...e nada de ruim de um casamento, já sei. Por favor, poupe-me dos lugares-comuns.

— Não há lugar-comum maior do que um casamento nos moldes que você quer. Mas, ainda que você não aceite esse ponto de vista, por que você não me enxerga como um paraplégico emocional?

— O quê?

— Um paraplégico emocional: que tem impossibilidades bem claras, mas ainda assim merece ser amado.

— Você só tem uma única intenção: me enrolar. E eu estou cansada de ser enrolada. Não há nenhuma originalidade nisso, sabia? Você se comporta como milhões de outros homens. Já estou com 38 anos, quero ter um filho, um marido — é pedir muito, não tenho o direito? Se você gosta de mim, me deixe seguir a minha vida.

— ...

— ...

— Apesar de levarmos uma vida boa, você preferiria estar casada com um paraplégico broxa.

— Esse paraplégico broxa é invenção sua! Eu quero estar com um homem que me queira como mulher, entendeu? E não apenas como a namoradinha que pode ser deixada em casa quando o sujeito se enche dela.

— E se ele fosse um energúmeno, um idiota?

— Quem?

— O homem que a quisesse como mulher.

— O energúmeno é você.

— Responda: você seria feliz ao lado de um idiota?

— Para você, todo mundo é idiota.

— Sabe o que eu acho?

— O quê?

— Que você gostaria de ser mulher de um publicitário. Pode haver alguém mais idiota do que um publicitário?

— Está aí uma boa idéia: vou tentar conhecer um publicitário. Por sinal, tenho um em vista.

— Garanto que vocês vão se dar muito bem. Publicitários são tão iletrados quanto você.

— De que adianta ser letrado como você e carregar nas costas um casamento fracassado, alimentar-se dessa lembrança e viver na solidão? Estúpido.

— Casamento fracassado, esta é boa... Burra.

— Filho-da-puta.

— Saia do carro.

— Broxa.

— Broxa é o paraplégico com quem você permaneceria casada.

— Bicha.

— Só hoje te comi três vezes, vagabunda. E você gozou muito.

— Anormal. Nunca mais me ligue. Quero esquecer que você existe. Aliás, já esqueci. Estou livre de você, que alívio!

— Vá dar o rabo para um publicitário idiota, sua piranha!

Um ano e meio depois, Cláudia casou-se com o dono de uma empresa de assessoria de imprensa. Estava grávida de três meses. Marco recebeu a notícia em Roma, por intermédio de um amigo comum, enquanto se preparava para ir ao lançamento da tradução para o italiano de seu primeiro romance. Já na rua, caminhando pelo *quartiere rinascimentale*, uma lágrima brotou de seu olho direito. Lembrou-se da viagem a Roma que fizera com Cláudia, quatro anos antes. Da alegria dela em estar ali, ao lado de seu homem, que lhe ensinava algo de história e arte e que com ela aprendia a usufruir as delícias do luxo. Jamais ele percorrera tantas vezes Via dei Condotti, Via della Scrofa, Via Borgogna — era uma outra Roma, a de Cláudia, mas não menos saborosa. E agora ele estava ali, sozinho, sob a chuva fina de uma tarde invernal, que derretia os monumentos, as igrejas, os palácios, o ocre e o branco daquela Roma que nunca mais os veria juntos.

Por que não quisera casar-se com Cláudia e lhe dar um filho? Por medo da felicidade morna, paralisante, letárgica. A mesma felicidade que o primeiro casamento lhe trouxera e da qual ele se libertara. Marco não queria essa felicidade para si, não se sentia à vontade nela, embora de vez em quando a evocasse com nostalgia e frustração. Sua constituição sentimental e intelectual suportava apenas a felicidade tão intensa quanto curta. A angústia era seu hábitat, nessa paisagem cinzenta conformara-se e a ela se conformara. Cláudia conseguia por vezes removê-lo de tal lugar, mas o jogava em lugar nenhum, o que era muito pior. Não só Cláudia, como sua primeira mulher — e estava certo de que assim seria com qualquer outra que desejasse manter com ele uma relação tradicional. Marco não estava brincando quando propôs a Cláudia que o enxergasse como um paraplégico emocional.

A derradeira briga deles fora terrível, não tanto pelos xingamentos, mas pelo cansaço que ambos demonstravam ter um do outro. E agora ela estava casada, esperando um filho — um filho que poderia ser dele, mas era de um assessor de imprensa. Um publicitário que fingia não sê-lo. Será que Cláudia percebia a diferença entre ele e um publicitário — ou um assessor de imprensa? Talvez percebesse e o julgasse pior, uma hipótese bastante dolorosa. Sem dúvida era curioso: seu narcisismo queria manter intacta a admiração de uma mulher com a qual não quisera casar-se. O narcisismo... Sob os auspícios de uma analista, ele havia concluído que era uma das causas de sua paraplegia. Toda aquela angústia inextinguível também era uma forma de diferenciar-se, de descolar-se da massa, de ser considerado especial, de ser por vezes odiado, o que é outra maneira de ser admirado. E se ele permanecia nesse estado era porque disso obtinha mais benefício do que sacrifício. Benefício narcisista. Uma conclusão ainda mais dura de engolir quando a realidade pesava em demasia — como naquele momento, em Roma, sob a chuva fina que derretia tudo.

Marco caminhava em direção à livraria onde seria lançada a edição italiana de seu romance, com a mesma disposição de quem vai fazer uma tomografia. Lá ele seria examinado por pessoas que haviam lido seu livro, ou pelo menos uma resenha, por meio de perguntas que tentariam adivinhar nos personagens o autor e os afetos e desafetos dele, como se tudo o que escrevesse fosse biográfico ou *à clef*. Esse era um dos aspectos mais aborrecidos da literatura, e também o que costumava causar mais constrangimentos. Cláudia, por exemplo, enxergava-se em algumas de suas personagens femininas, e nem sempre se sentia lisonjeada com isso. Cláudia, que estava para se tornar mãe...

Em Campo Marzio, em frente à Igreja de Santo Agostinho, ele estacou. Se entrasse, chegaria atrasado a seu compromisso. Depois de titubear um pouco, decidiu que o faria, visto que os italianos também não eram um primor em matéria de pontualidade. Para sua sorte, não havia nenhum turista na igreja àquela hora, e as luzes das capelas laterais haviam sido acesas por uma senhora que limpava o chão. Numa delas, estava o motivo pelo qual resolvera entrar: a *Madonna dei Pellegrini*, de Caravaggio, uma de suas pinturas preferidas e a que mais o tocava dentre todas do artista. Desde a primeira vez que a vira, quando tinha dezenove anos, aquela madona o impressionara profundamente. Mas só naquele dia ele entenderia o motivo. O *chiaroscuro* de Caravaggio atingira ali a perfeição, com a luz lateral, característica de suas pinturas, incidindo pelo lado direito sobre os personagens (pelo lado esquerdo na visão do espectador), e conferindo à cena uma dramaticidade ainda maior do que a das telas do ciclo de São Mateus, expostas na Igreja de São Luís dos Franceses, na mesma Roma. À diferença de seus contemporâneos, Caravaggio retratara uma madona de feições mediterrâneas — sua pele, muito branca, contrastava com o preto do cabelo aparentemente crespo e das sobrancelhas bem fechadas. À soleira da porta de sua casa, num plano superior ao da rua, ela segura um Menino Jesus aloirado, enquanto observa com indiferença o casal de peregrinos velhos que, ajoelhado, adora a criança e sua mãe. É uma madona que parece não conhecer ainda a trama divina da qual é protagonista. É uma madona sem Anunciação. É uma madona, portanto, que pode ter tido um filho como qualquer outra mulher — trepando e, com sorte, gozando nos braços de um homem. É uma madona que não é virgem. É uma mulher que queria casar-se e conceber uma criança (assim como Cláudia), e encontrara um homem, José, que aceitara ser seu par porque vira nela uma boa reprodutora — assim como ocorrera com o assessor de imprensa em relação a sua ex-namorada.

E foi ao cabo dessa perscrutação que Marco descobriu, maravilhado, por que a *Madonna dei Pellegrini* o tocava tão fundo. Na sua pintura, Caravaggio humanizara o divino. O Menino Jesus caravaggesco havia nascido por força do determinismo genético que unira Maria e José, e não por outro meio. Sim, o determinismo genético! A expressão tão desprovida de poesia soava aos ouvidos de Marco como um verso do *dolce stil nuovo*. Representava o golpe de misericórdia no antropocentrismo, ao reduzir o homem a uma única função: a de ser mero veículo para a propagação do DNA. Assim como decorara estrofes inteiras de Eugenio Montale, ele viria a memorizar a conclusão de um livro que havia acabado de ler. Naquele momento, contudo, era o significado geral dessa conclusão que ficara impresso em sua mente, e não cada uma das palavras aqui reproduzidas: "Quando completado o processo de morte, cada uma das células de nosso corpo estará morta, de acordo com os desígnios da natureza. Se nós tivermos cumprido a nossa parte, teremos passado nosso DNA, empacotado em células reprodutoras, para a próxima geração. Este DNA talvez estará próximo a nosso leito de morte na forma de um filho ou de uma filha. O DNA contido em todas as células restantes de nosso corpo — nosso DNA somático — não terá mais nenhuma utilidade. Um ser humano é apenas um meio de a célula reprodutora fabricar outra célula reprodutora — assim como uma barata; assim como um repolho. Não é uma forma lisonjeira de explicar-nos a nós mesmos. Precisamos desesperadamente ser mais do que um veículo para o DNA, e ao menos transitoriamente o somos. Ainda assim as células somáticas morrerão ao final de cada geração, sejam elas parte de uma asa de inseto ou do cérebro humano. Nós talvez venhamos a compreender a morte, mas não podemos mudar esse único, simples, fato: no grande desenho das coisas, não importa a mínima que essas células somáticas contenham tudo aquilo que há de mais caro para nós, a nossa habilidade para pensar, para sentir, para amar — para escrever e ler estas palavras. Para o processo básico da vida, que é a transmissão de DNA de uma geração a outra, tudo isso é apenas som e fúria, significando certamente bem pouco, e muito possivelmente nada."

Cláudia dera vazão ao processo básico da vida, ao procurar um parceiro que lhe desse um filho. Na última briga que tivera com ele (repleta de som e fúria, como lhe ocorreria ao reler o trecho do livro do americano William R. Clark, um autor com nome que parecia pseudônimo de super-herói), era seu DNA reprodutor que gritava, que clamava pela separação. Ele precisava ser combinado a um outro e finalmente transmitido. Marco agora chorava, mas de ternura — por Cláudia e seu assessor de imprensa. Se Caravaggio humanizara o divino, ele agora divinizara o humano, ao sobrepor aos sentimentos amorosos, às convenções sociais, uma determinação mais forte, criada por um Deus biólogo. Como sentir tristeza por essa circunstância insuperável?

Quando saiu da Igreja de Santo Agostinho, a noite já havia caído. Atrasado para o lançamento de seu romance, Marco apertou o passo. E Roma engoliu mais um simples aglomerado de células somáticas que, a despeito das conclusões da psicanálise e do entusiasmo pelo determinismo genético, acreditava ser o autor onipotente, onisciente, onipresente, de seu próprio destino.

SUZANA

Duas esmeraldas nadando em leite, a metáfora era de um conto, mas em Praga havia mais pares de águas-marinhas nadando em leite do que pares de esmeraldas. De que cor eram os dela: olhos verdes, azuis, castanhos, pretos? Pretos nunca, castanhos dificilmente, verdes quem sabe, azuis era provável, duas águas-marinhas nadando em leite — Suzana, uma lembrança loura de trinta e quatro anos atrás, quando ele contava apenas nove e ela também (talvez). A primeira loura, o primeiro amor, *Rock'n'Roll Lullaby*, "entre as louras e as morenas, eu fico com as louras", a cabeça deitada no colo da avó que ria orgulhosa do seu machinho, o machinho que preferia as louras e que parecia ser dela, tão morena, e não da mãe, tão morena e tão loura (e que secretamente amava duas esmeraldas nadando em leite, mas isso ele, o machinho, ainda não sabia).

Praga, o dourado das pontes, o colorido dos prédios, a embriaguez da afluência recente, uma alegria de realejo, o antípoda da primavera cinza dos documentários. Era daquela Praga de então, a dos documentários, que Suzana fora arrancada e transportada para um país verde e azul, verde e azul que encobriam o cinza dos subsolos, onde sua lourice refulgiria aos olhos envidraçados de um menino verde e azul, verde e azul encobertos pelo cinza da família desmoronada, que corria à rua todos os dias às cinco e meia da tarde, para ver o ônibus escolar chegar com Suzana, seu amor, o primeiro, que o levara pela primeira vez a Praga, e também a última.

Suzana era uma memória sem rosto, um rosto que agora procurava, ou no que ele se transformara trinta e quatro anos mais tarde, rosto que não vira modificar-se, contrair-se (prazer, dor, desespero), sulcar-se — mas que tinha urgência de perscrutar, de adivinhar um pouco. Ao comunicar sua decisão, acharam-no insano, embora de uma insanidade justificável àquela altura, e não havia como desmentir o veredicto, tanto mais porque ele não era uma personalidade romântica — fora um dia, fazia tempo, mas depois de tantos amores platônicos, sensuais, conjugais, sempre infelizes, soçobrara-lhe o romantismo. Só lhe sobrara Suzana, a memória sem rosto que necessitava ter um. Por que Suzana, e não Lilian, Cláudia, Viviane, outros amores que nasceram e morreram na infância? Sobre as nuvens, em direção a Praga, ocorreu-lhe que Suzana uma vez fora ele próprio, o reflexo verde e azul do menino que naufragara no cinza, e atrás desse verde e azul é que ele corria contra o tempo, antes de submergir, não no cinza, porque cinza era a sua vida. O porquê de Suzana.

Uma memória sem rosto, mas havia um, o de um botãozinho de louça de uma bermuda azul, o qual trazia pintado o rosto de uma menina loura, peça que ele vestia antes de ir à rua para ver o ônibus de Suzana chegar, como se ela pudesse enxergar naquele botãozinho a homenagem feita à sua lourice. Não sabia ao certo como aquela bermuda viera parar na sua gaveta, talvez fosse uma compra distraída de sua mãe avoada, talvez fosse uma peça doada por alguma amiga dela, mãe de uma menina e compadecida da situação financeira em que eles se encontravam depois do desmoronamento familiar — e, como o compadecimento embute não raro displicência, a bermuda com o botãozinho feminino fora parar num armário de menino, e este menino a transubstanciara numa declaração de amor masculina, de um pequeno homem a uma pequena mulher, Suzana.

Ambos agora estavam em Praga. Ele num hotel, ela numa casa em rua de nome impronunciável. Uma semana antes, por telefone, haviam combinado encontrar-se num café próximo de onde Suzana morava:.

— Eu gostaria de falar com Suzana.

— Quem é?

— Suzana?

— Sim.

— Meu nome é Marcelo. Não nos vemos há mais de trinta anos, eu morava num prédio de tijolinhos vermelhos, na frente do qual o ônibus escolar deixava dois colegas seus. Você se lembra?

— Um prédio de tijolos vermelhos... Sim, lembro, certamente. Você também ia no ônibus?

— Não, eu não ia no ônibus. Eu ficava esperando o ônibus na rua, para ver você.

— ...

— Eu era apaixonado por você.

— ...

— Escute, eu sei que esse telefonema é estranho, mas não me tome por maluco, só estou tentando...

— Como você me encontrou?

— Uma pesquisa nos arquivos de estrangeiros que se radicaram no meu país entre 1968 e 1971. Você era a única menina tcheca chamada Suzana. Procurei seu sobrenome na lista telefônica da cidade, encontrei o número de seu irmão, que me disse que você havia voltado para a Tchecoslováquia... República Tcheca, quer dizer. Seu irmão não quis saber de muita conversa, e também não me deu o seu telefone — mais uma vez tive de recorrer à lista, a de Praga, é claro.

— Marcelo, é isso?

— Marcelo. Vou a Praga daqui a alguns dias e gostaria de revê-la. É possível?

— ...

— Eu juro que não sou maluco, obsessivo, nada disso. Só queria rever a menina pela qual fui apaixonado.

— Menina?

— Mulher, desculpe.

— Certamente você é maluco... Tudo bem, certamente podemos nos ver. Tem um café aqui perto de casa. Me ligue quando você chegar a Praga.

E lá estava ele. Chegou com quinze minutos de antecedência ao café indicado por Suzana. Era um lugar que emanava sordidez e cheirava a mofo, cujo dono era um cigano sem dentes. Os clientes, três ou quatro, eram pouco amigáveis, e suas expressões permaneceram pétreas mesmo quando ela os cumprimentou como a velhos conhecidos, antes de dirigir-se à mesa dele.

— Você deve ser Marcelo.

— Suzana...

Os olhos afogados em amarelo hepático (sem cor, os olhos eram sem cor), macilenta, cabelos de uma lourice desigual, sujos e amarrados num rabo-de-cavalo, dentes empretecidos, um vestido barato e surrado, tamancos pretos descascados — Suzana, a de verdade.

— ...

— ...

— Você certamente esperava encontrar uma menina, e certamente está desapontado.

— Não, certamente não. Desculpe, não quis arremedá-la com esse "certamente"...

— Nenhum problema. Uso pouco a sua língua, e por isso mesmo repito certas palavras. "Certamente" é uma delas.

— Quando você voltou para Praga?

— Depois da queda do Muro, mas estou na Europa já faz vinte anos. A princípio, morei em Berlim Ocidental. Posso pedir uma bebida?

— Claro, desculpe a indelicadeza. O que você quer beber?

— István, traga uma cerveja!

— Duas.

— Duas, István!

— Eu não sei uma palavra de tcheco.

— Não é tcheco, é húngaro. István é húngaro.

— ...

— Obrigada, István. Você, então, era apaixonado por mim.

— Pois é, era.

— ...

— ...

As palavras que pensara dizer, se já lhe soavam tolas, agora pareciam completamente despropositadas diante da visão que se lhe apresentava. Mas não havia como não falar nada, era uma obrigação imposta pelos milhares de quilômetros percorridos, e ele seguiu em frente, cortando detalhes e efusões para que aquilo acabasse depressa.

— Eu era apaixonado por você, embora você nem mesmo se lembre de mim. Você foi meu primeiro amor, um amor platônico. Eu a vi pela primeira vez quando o ônibus escolar que trazia dois vizinhos, ex-colegas meus, parou em frente ao nosso prédio no início do ano letivo de 1971. Você sorria e acenava para eles, através da janela. A partir desse dia, eu sempre saía à rua no horário da chegada do ônibus, às cinco e meia da tarde, só para vê-la de relance. Eu havia estudado na escola desses meus vizinhos, mas tinha sido transferido antes de você ser matriculada nela. Fui para uma escola pública porque meus pais haviam se separado e minha mãe já não podia pagar a mensalidade. Cheguei perto de você uma única vez, na festa de aniversário de um desses meus ex-colegas. Era um bailinho, a música era *Rock'n'Roll Lullaby*, a brincadeira era a dança da vassoura — o menino que queria dançar com uma menina que estava dançando com outro menino entregava um cabo de vassoura para este menino e tomava seu lugar. O que ficava com o cabo da vassoura tinha de procurar necessariamente um outro par e entregar o cabo para o menino que desejava substituir. Entreguei o cabo de vassoura para o menino que estava com você e consegui ficar até o final de *Rock'n'Roll*

Lullaby. Lembro até da sua roupa: cacharel preta e saia *kilt*.

— Eu tinha essa roupa, certamente.

— Depois da festa, já em casa, deitei no colo da minha avó e disse que, entre as louras e as morenas, eu ficava com as louras.

— ...

— Bem, tive a idéia de revê-la ao examinar um álbum antigo.

— Você tem uma foto minha?

— Não, é que nesse álbum havia umas fotos de quando eu tinha nove anos, a época em que fui apaixonado por você.

— ...

— ...

— Você faz o quê?

— Sou médico. E você?

— Sou prostituta.

— ...

— Por que a cara de espanto?

— Por nada, é que seu irmão não me disse que...

— Você acha que ele diria que a irmã é prostituta?

— Não, é claro.

— Você está mesmo chocado.

— Não posso negar que sua sinceridade é chocante.

— É porque em seu país nenhuma mulher se declara prostituta. Usa outras expressões... Como é mesmo que vocês chamam isso?

— Eufemismos.

— Eufemismos, certamente. Aqui, não: prostituta é prostituta. Eu sou prostituta — e meu irmão é um filho-da-puta. Só soube que você viria porque liguei para ele para pedir dinheiro — e ele sempre nega, o filho-da-puta. Diz para eu pedir ao turco que me colocou nesta vida.

— Turco?

— Sumiu faz anos. Eu gostava dele, e lhe dei tudo — minha juventude, a herança dos meus pais, tudo. Por amor, certamente. Voltei para a Europa porque meu irmão queria me controlar. Pouco antes da queda do Muro, ainda em Berlim, o turco me trocou por uma vagabunda romena. Fiquei sem nada, inclusive porque ele me colocou no olho da rua. Achei que em Praga, a minha cidade natal, recém-libertada dos russos, poderia me dar bem. Engano meu. Não tive escolha... Eu havia me prostituído em Berlim, mas foi aqui que me profissionalizei, por assim dizer. Mas já não posso cobrar muito, os homens gostam de carne nova, você sabe como é. De vez em quando, sou obrigada a pedir dinheiro a meu irmão. Mas o filho-da-puta não quer saber de mim. No último telefonema, falou que, na falta de um turco, eu pedisse ao maluco que tentava me encontrar...

— Eu.

— Você, certamente.

— ...

— ...

— De quanto você precisa?

— Do máximo que você puder me dar.

Ele tirou mil dólares da carteira e depositou sobre a mesa. Por um instante, os olhos de Suzana ganharam alguma vida.

— Você tem sorte: por mais que seja inseguro, tenho mania de andar com uma boa quantidade de dinheiro.

— Obrigada, gostaria de retribuir. Se você quiser, podemos beber alguma coisa lá em casa. Tenho alguns discos antigos, certamente tem a música do bailinho. Como é mesmo o nome dela?

— Não é preciso, Suzana. Espero que você faça bom proveito do dinheiro. Aqui está o das cervejas. Tenho de ir. Foi um prazer revê-la.

— É certamente um adeus.

Ele queria fugir o mais rápido que podia. De Praga, de Suzana, do homem a quem o câncer havia transformado num ser melancólico, patético. Pegou o primeiro trem para Veneza.

Suzana morreu naquela mesma noite, deitada ao lado de István, o cigano sem dentes que era seu gigolô. Os mil dólares foram gastos numa grande quantidade de heroína, que lhe proporcionou seu último delírio.

Ela dançava com um cabo de vassoura nas mãos — mas não era um cabo de vassoura, e sim uma víbora, que deu um bote e a mordeu no seio, Cleópatra de cacharel preta e saia *kilt*.

CONTO INFANTIL

Minha mãe ainda estava viva quando a vi morta pela primeira vez. No sofá da sala, fraca demais para ficar sentada por muito tempo, ela dormia numa antecipação da cena que protagonizaria dali a um mês: deitada de barriga para cima, com as mãos entrecruzadas sobre o peito, os olhos fechados num sono sem dor. Todos os mortos são iguais. Com a caixa de fotografias da família aberta no meio da sala, eu separava as que me caberiam depois da morte dela. Não foram muitas, e nem sei mesmo onde as meti. Se não importavam, por que as peguei? Acho que foi um ensaio. Talvez quisesse dar um sentido complementar à antecipação teatral do cochilo no sofá. Teatro, odeio teatro, mas participei de mais um — a morte da minha mãe, a de verdade. Foi o seu auge como atriz, sou obrigado a reconhecer.

Medíocre no palco, ela desempenhou com exatidão seu papel de cancerosa em agonia. Irretocáveis a respiração ofegante, os olhos arregalados que não enxergavam mais, as mãos que perderam qualquer possibilidade de gesto, antes da arfada final. Essa, aliás, foi uma descoberta: quando alguém morre, as mãos morrem antes. Sim, creio que minha mãe usou de suas aptidões para realçar a inevitabilidade da ocorrência. Você pode pensar que sou um sujeito sem comiseração, mas tenho certeza de que ela sabia que estava representando seu último e melhor papel. Já a minha atuação foi lamentável: não consegui cerrar os olhos dela e cheguei à total canastrice ao errar a minha fala depois que minha mãe expirou. Esmurrando histrionicamente a porta de um pequeno armário (o quarto era de hospital), eu disse: "Tinha de viver para ver isso." Ridículo. Errei tudo: essa é a fala de um pai, ou de uma mãe, que assiste à morte de um filho, uma subversão da ordem natural. Não é em absoluto a fala de um filho que vê morrer a mãe, um evento previsível, desejável até, de um certo ponto de vista. Eu deveria ter dito... Sei lá, não deveria ter dito nada, acho eu. Mas disse. Fui um figurante que quis roubar um pouco a cena da atriz principal e me dei mal. Espero que meu irmão não tenha notado.

Você acredita que os mortos se manifestam nos sonhos? Essa é uma crença atávica, compartilhada por ricos e pobres, esclarecidos e ignorantes. Poucas horas depois de morrer, minha mãe apareceu num sonho. Sei que é normal sonhar com mortos, especialmente quando eles são muito próximos, mas esse sonho não foi meu, e sim da empregada que a assistiu em seus derradeiros dias. Ela trabalhou na casa da minha mãe por exatos dois meses, contratada às pressas para substituir uma outra empregada que pedira as contas por não agüentar a personalidade irritadiça da patroa doente. Insuportável, a minha mãe. Mariana, a nova empregada, era mais paciente. Talvez pela sua própria personalidade, talvez porque soubesse que aquela situação não iria durar muito, talvez por ambas as coisas — não importa o motivo, ela se resignava. Mariana estava no hospital na manhã em que minha mãe morreu. Pouco antes do desfecho, pedi a ela para sair do quarto, porque parecia impróprio que uma pessoa fora do nosso círculo familiar presenciasse aquele instante. Ficamos apenas eu e meu irmão. Não é curioso que assistir a uma morte seja considerado mais íntimo do que limpar alguém? Mariana limpava a minha mãe, nós não nos importávamos com isso, pagávamos para que assim o fizesse, mas ela não podia vê-la morrendo. Difícil explicar o que há de tão obsceno na morte.

Dois dias depois do enterro, fui à casa da minha mãe para verificar se Mariana estava mesmo lá. Havíamos combinado que ela seria mandada embora quando completasse o mês e que, até ser demitida, continuaria arrumando a casa a ser vendida em breve. Era a primeira vez que eu entrava lá desde que havia levado minha mãe para a derradeira internação. Sentei-me no sofá onde ela costumava dormitar e pedi um café a Mariana. "Sonhei com sua mãe", ela disse, enquanto me servia. "Sonhou?", respondi, automaticamente. Mariana prosseguiu sem se dar conta do meu pouco-caso: "Foi naquela mesma noite. O corpo da sua mãe estava na cama do hospital, mas ela própria estava a meu lado. Nervosa, dizia: 'Precisamos ir embora, pegar um táxi, mas meu filho pegou meus documentos e meu dinheiro no armário. Você precisar ligar para ele, Mariana, pedir que devolva o que pegou de mim.'" Fiquei espantado com o relato. Eu de fato havia recolhido os documentos e a carteira de minha mãe, pouco antes de ela morrer, mas somente depois de ter ordenado a Mariana que saísse do quarto. Ou seja, a empregada não presenciara a cena. E no seu último momento de lucidez, minutos antes de entrar em agonia, minha mãe havia realmente perguntado sobre seus documentos e seu dinheiro. Ao saber que estavam comigo, ela protestara: "Deixe-os no armário, porque vou precisar dos documentos e do dinheiro para ir embora daqui." Exatamente como no sonho.

Demorou apenas uma semana para que eu também sonhasse com a minha mãe. Ela viria a aparecer em outros sonhos, e ainda aparece, mas o primeiro foi o mais impressionante. Eu estava caminhando numa rua que fazia uma divisa perfeita entre a cidade e o campo. Era tarde da noite e não havia ninguém, além de mim. Do lado esquerdo, casas brancas alinhavam-se como num desses condomínios americanos. Do lado direito, a mata escura estendia-se a perder de vista. Eu andava rápido, sobressaltado pela solidão, até estacar diante de um carro estacionado à borda da mata, com a porta do motorista aberta. Hesitei, mas resolvi aproximar-me, o contrário do que faria numa situação real. Quando olhei dentro do carro, lá estava minha mãe, sorridente. "Que saudade, filho", disse ela. Dei um grito de horror, e horríveis se tornaram as feições dela, como se fosse eu a assustá-la. Acordei encharcado de suor.

Sim, certamente há uma diferença entre dizer que se sonhou com alguém e que esse alguém apareceu em sonho. No primeiro caso, trata-se ou de um mero resquício do cotidiano ou da expressão de um desejo inconsciente de viver uma situação com tal pessoa. No segundo, está subentendido que esse alguém invadiu nossos sonhos, que ele dispõe de uma vontade própria. De uma determinada perspectiva religiosa, só os mortos poderiam fazê-lo... Não, eu não disse que minha mãe apareceu em sonho — afirmei que sonhei com ela, e que ela viria a aparecer em outros sonhos, como ainda aparece... É verdade que comecei este relato dizendo que ela estava viva quando a vi morta pela primeira vez, e também que ela havia se manifestado a Mariana, mas isso não quer dizer que depois a tenha visto como uma morta viva ou algo que o valha. Foi só uma imagem que usei. Eu sonho com minha mãe; ela é protagonista de sonhos muito vívidos, demasiado vívidos, e isso é tudo. Não acredito em espíritos, embora deva confessar ter ido a um centro espírita logo após a morte dela, movido pelo sonho da empregada, um tanto impressionante como admiti. Mas essa ida só serviu para confirmar meu ceticismo, ou melhor, meu ateísmo. Você já viu um médium em ação? É patético. Mais patético até do que um ritual animista de uma tribo africana ou polinésia — esses, pelo menos, guardam uma autenticidade cultural, não são fruto da cabeça de um positivista francês aloprado, o tal Kardec. Ainda assim, não consigo me livrar de uma sensação incômoda, e é por esse motivo que estou aqui, para pedir ajuda.

O motivo é que, por mais que eu seja um sujeito equilibrado, racional, ateu, eu tenho medo de... Estou com vergonha de dizer... Vamos lá: eu tenho medo de apagar a luz quando me deito... Por quê? Porque tenho pavor de que ela apareça, minha mãe.

É uma fantasia persecutória que passou a me acometer desde sua morte. Nela, minha mãe entra pela porta do quarto, vinda da sala, como faria alguém de carne e osso, e se senta no lado oposto da cama... O que acontece em seguida? Nada, a coisa pára por aí... Não lhe parece suficientemente amedrontador? Talvez você esperasse que ela puxasse meus pés... Não, não há continuidade — quer dizer, a continuidade é eu acender a luz. Sim, porque essa fantasia me toma justamente quando eu apago a luz. A seqüência é a seguinte: depois de resistir muito a ir para a cama, sou vencido pelo sono e vou me deitar. É apagar o abajur e o sono ir embora. Começo, então, a gelar com a possibilidade de a minha mãe aparecer. Tento manter a luz apagada, mas o medo é mais forte e acabo acendendo-a. Como é difícil dormir de abajur aceso, demoro a pegar no sono e, quando vejo, já é quase de manhã. Evidentemente, passo o dia exausto. Nem com remédio consigo dormir direito. Eu só queria poder apagar a luz e dormir cinco, seis horas seguidas. Para mim, já estaria bom. Mas ela não deixa... Quer dizer, meu medo não deixa.

E se houvesse espíritos, e ela aparecesse de verdade? Bem, nesse caso eu é que passaria a ser uma assombração — porque da forma que me constituí não há lugar para espectros, fantasmas, misticismos. Eu próprio, meu *self*, desmoronaria. Sou racional, acredito na ciência, e pouco me importa se não há uma explicação plausível para certos fenômenos — também não havia uma explicação plausível para a eletricidade na Antiga Grécia, e nem por isso ela deixava de ser somente isso, eletricidade, quando acreditavam que os raios eram armas de Zeus. Mas do que estamos falando? Evidentemente não existem espíritos, de maneira que essa sua pergunta, "e se ela aparecesse de verdade?", não faz o menor sentido... Como? Você apenas gostaria de saber o que eu diria ao espectro da minha mãe, caso espectro houvesse? Sinceramente, eu... Diria que a odeio.

Minha mãe era uma puta, mas nunca fui um filho-da-puta. Sempre procurei escapar ao destino que ela tentou traçar para mim. Terminei a escola, embora ela pouco ligasse para a minha educação. Segui uma carreira, embora ela nunca tivesse se preocupado com meu futuro profissional. Procurei construir uma família (e não é porque tenha me separado que posso ser considerado um fracassado nesse aspecto), embora ela jamais tenha se dignado a aplainar o terreno para que pudesse tornar-me marido e pai. Eu deveria ser um viciado, um viado, um perdido na vida, se a lógica — ou a falta dela — imposta pela minha mãe houvesse prevalecido. A lógica que só levava em conta o seu imenso, desproporcional e onívoro ego. Só ela existia, a Grande Puta... Meu irmão, coitado, não escapou dos desígnios da vaca — é um perdido na vida, não consegue fixar-se num trabalho, não consegue ter uma família e talvez até seja um viado enrustido. Mas eu sou o contrário. Um *self-made man*, um *self-made self*. E sabe como consegui fugir do fracasso, do lodo? Odiando minha mãe. Ela representava tudo o que há de mais desprezível, mais abjeto. Quando digo que ela era uma puta, essa é, mais do que a expressão do meu ódio, a pura verdade. Meu pai morreu quando eu e meu irmão éramos muito pequenos. Deixou um bom dinheiro para a sua pequena família, graças a seu talento de financista e à herança de meus avós, os quais tinham nele o único filho. Daria para termos vivido bem, se a vadia da minha mãe não tivesse torrado tudo com suas megalomanias teatrais. Passou a produzir espetáculos — "espetáculos", francamente — em que ela só era a protagonista porque entrava com a grana. Com a grana e com o rabo. Estava sempre levando um atorzinho para sua cama, que também devia receber para comê-la. Como dava o cu, a vagabunda! Enquanto isso, eu e meu irmão tínhamos de nos virar, fazer a própria comida e lavar a própria roupa. Sim, senhora, eu era uma criança que lavava a própria roupa, se quisesse sair limpo. Assim como o coitado do meu irmão, um genuíno filho-da-puta.

E agora ela não me deixa apagar a luz... Eu quero matá-la, eu preciso matá-la, a piranha... Ah, sim, ela já morreu, não dá para matar quem já está morto, a não ser no plano simbólico... O que foi que eu disse quando ela morreu? Eu disse "Tinha de viver para ver isso"... Sim, como um pai inconformado, que nunca mais verá o filho amado, numa total inversão de papéis... É claro que você pode completar a frase, para ver se faz sentido para mim... "Tinha de viver para ver isso: a morte da mãe que eu odeio, uma mãe que me deixou sem ninguém a quem odiar" — interessante esse complemento seu. Deixe ver aonde você quer chegar: que o medo de ver o espírito da minha mãe é, num paradoxo bem próprio da psique, o desejo de vê-la viva para que eu possa odiá-la. Para que eu possa ter alguém a quem odiar... Como?... Eu me construí a partir desse ódio, segundo minhas próprias palavras, e na ausência do objeto do ódio estaria perdido, confuso, com medo... Sim, talvez você esteja certa, talvez... Mas o ódio não morreu. Assim como é possível continuar a amar alguém que morreu, é possível permanecer odiando alguém que já se foi. Vamos nos aprofundar nesse ponto na próxima sessão, o que você acha?...

"Lá está o nosso psicanalista outra vez, falando com sua colega invisível. A mãe dele o internou depois de seu último acesso de fúria contra ela", disse o enfermeiro ao outro, antes de entrarem no quarto em cujo interior aquele pobre-diabo viajava na exterioridade dos códigos, na superfície das linguagens, na casca dos significados, na crosta dos discursos, sempre em direção ao sentido nenhum que está além e aquém do Bem e do Mal, da miséria neurótica e da infelicidade do mundo, da medida de todas as coisas, da moral do rebanho, da vontade de poder, do imperativo categórico, da dialética, da lógica formal, do Eu, do Absoluto, do Espírito, da História, do Nada. Um morto manifestando-se no sonho de um morto, seu duplo — a loucura de não existir, mas ter existido, mas ser existido, e de não passar, mas ter passado, mas ser passado. (Como é difícil apagar a luz, e morrer feliz para sempre...)

WAGNER E WAGNER

Wagner, o compositor, não queria que sua música fosse somente música. Ele a sonhava uma dimensão transcendente do espírito humano (a transcendência da transcendência, portanto, e de um humano que tinha sua apoteose nos alemães), o que implicava ser a música algo muito além da simples representação. Mas como a música, não importa se erudita ou popular, sacra ou profana, é só música, e o espírito humano (de todos os humanos, enfatize-se) não passa de abstração filosófica, eis que as composições de Wagner tornaram-se francamente alegoria — a forma mais baixa de representação — de causas tão concretas quanto ignominiosas. Wagner, o compositor, era apenas um romântico na acepção mais vulgar do termo, da mesma forma que Wagner, o matemático assim batizado pelo pai violinista, sempre o fora até descobrir que sua mulher o traía com um aluno dele cuja idade era a raiz quadrada de 484 — ela, que contava em anos a raiz quadrada de 1.849. Os cálculos, que lhe eram inevitáveis mesmo nas horas mais improváveis (pois mesmo a maior improbabilidade é expressão de uma probabilidade), serviam para realçar uma personalidade afeita a devaneios — devaneios invariavelmente acompanhados por música.

Por ter pai violinista, Wagner habituara-se a levar uma vida com trilha sonora. Na infância mais remota, era Mozart, em especial, que lhe pontuava os afagos da mãe e as brincadeiras no colo paterno. Depois, na pré-adolescência, ora as peças de Chopin, numa antecipação da melancolia pelo fim dos primeiros anos, ora as narrativas orquestrais de Rimsky-Korsakov, num aceno das aventuras vindouras, entravam-lhe pelo quarto, onde, trancado, começava a medir a extensão de sua nascente privacidade. Nos anos de faculdade, combinavam-se, num desafio ao pai defensor do conservadorismo melódico, Schoenberg e Stockhausen, Ligetti e Berio. Quanto a Wagner, o compositor, Wagner, o matemático, sucumbira quando já estava em idade mais madura e, dentro do que se pode chamar de harmonia, em perfeita sintonia com o pai. "Com Wagner, a música se quer drama, e não o drama se quer música, como nas óperas italianas", dizia-lhe o velho, ecoando opinião consagrada havia muito. A música que não era apenas música, enfim.

Wagner aprendera piano e tentara o violino, mas sua falta de pendor para os instrumentos era incontornável. Da formação musical, o único fundamento a solidificar-se fora a leitura de partituras. Ele extraía um prazer genuíno na decodificação daquela linguagem impenetrável inclusive a boa parte dos músicos que se apresentavam como tal — está-se falando dos populares, evidentemente, pelos quais o pai violinista nutria desprezo e Wagner, alguma comiseração. O fascínio pelo código musical levou-o ao encantamento pelo sistema matemático. Ali também estava uma linguagem (e uma carreira) que expressava um aspecto superior, transcendente, capaz de elevar os homens aos quadrantes mais recônditos do universo e também do seu próprio ser. Cumpridas todas as monótonas etapas da formação universitária, Wagner adquiriu conhecimento, respeito e influência suficientes para conseguir uma bolsa de uma universidade estrangeira e dedicar-se, assim, a um projeto ambicioso — traduzir as partituras de Wagner, o compositor, em equações. Uma vez encontrado certo denominador comum, ou constante variável, para ser mais exato, das obras do alemão, ele faria o mesmo em relação a outros compositores que marcaram sua história pessoal. Um projeto para a vida toda, decerto.

Na perseguição a seu objetivo, Wagner viu-se obrigado a recorrer a alguém que pudesse desenvolver programas de computador especiais — e esse alguém foi o rapaz cuja idade era a raiz quadrada de 484, Rafael. Foi dito que este era seu aluno, mas melhor defini-lo assistente. Rafael era um desses maníacos da informática da qual a juventude está repleta. Não fosse ela, a juventude, tão pródiga na produção de espécimes que tais, seria lícito defini-lo um gênio. Contatado por Wagner, Rafael viu ali uma chance de associar seu nome a uma empreitada que, se tudo desse certo, o levaria a diferenciar-se de seus colegas na faculdade de ciência da computação, mais empenhados em atividades comezinhas, como desenvolver programas de contabilidade e jogos eletrônicos. Para além das razões de vaidade estritas, Rafael aspirava tornar-se dono de uma empresa que se sobressaísse pela criatividade no ramo dos computadores e afins — e o projeto de Wagner era uma ótima plataforma para quem desejava ser reconhecido e bem recompensado. Quando Rafael foi contratado, sua idade era uma raiz redonda, a de 400, mas sua maturidade era a de alguns homens com o dobro disso.

Os planos de Rafael, bem como sua madureza, sofreriam um revés quando ele se apaixonou pela mulher de seu chefe. Guilhermina, historiadora, enfeitiçou-o pela beleza outonal e também pela voracidade na cama — voracidade acumulada durante um casamento em que o amor morno que a unira a Wagner dera lugar à abstinência na cama e a certa acrimônia fora dela. A especialidade pública de Guilhermina era a Revolução Americana; a particular, o sexo oral (a que o marido jamais dera o devido valor). Rafael encantou-a pelo caráter empreendedor ("É um pequeno Jefferson", diria ela a sua melhor amiga) e pela perícia com que devolvia na mesma moeda aquilo que ela de melhor lhe oferecia em matéria de sexo. O caso amoroso de Guilhermina e Rafael duraria dois anos, entre rupturas e retomadas. Terminou em definitivo quando ele foi contratado por uma empresa de informática da Califórnia. Como ironizou um poeta amigo de Guilhermina, "o silício silenciou o amor". Ela também teria um caso com o autor dessa aliteração, antes de morrer de câncer, meses depois de completar a idade que era a raiz quadrada de 2.601 (Rafael também fez o cálculo, relembrando uma das manias do ex-chefe).

A traição da mulher foi revelada a Wagner por um admirador de Guilhermina. Ele não se conformava com o fato de ter sido usurpado por Rafael na obtenção de favores sexuais que desde havia muito acalentava com ardor. Contar a Wagner foi sua vingança. Guilhermina suspeitou até morrer que ele havia contratado um detetive particular. A verdade era mais singela: o sujeito vira os amantes saindo juntos de um motel, enquanto esperava nas proximidades uma prostituta (que aceitava ser chamada de Guilhermina na cama).

Informado por meio de um telefonema, Wagner não reagiu com escândalo. Sob efeito de um calmante, esperou que sua mulher chegasse em casa, para simplesmente lhe dizer que sabia de tudo, e que estava certo de que eles não conseguiriam superar essa situação. Pediu-lhe, então, que saísse de casa, já que o imóvel havia sido comprado por ele, no que foi atendido de imediato. Guilhermina permaneceu em silêncio o tempo todo. Não disse nem mesmo adeus. Quanto a Rafael, não foi preciso demiti-lo formalmente.

Dois meses mais tarde, papéis da separação assinados, Wagner entregou-se, enfim, à depressão. Procurou um psiquiatra, começou a tomar antidepressivo e a fazer terapia. Todos os passos tradicionais de quem se encontra nesse estado, ele deu, confiante que era no poder da ciência. E a ciência parecia ter dado algum resultado: voltou a sentir energia, retomou o trabalho (agora sem nenhum assistente) e vez por outra masturbava-se. Era como se tivesse restabelecido sua rotina com Guilhermina, só que sem Guilhermina.

A ciência parecia ter dado algum resultado, foi dito, porque o recolocara na posição anterior. Mas algo no seu íntimo mudara, porque ele já não podia ser do mesmo modo. A terapia e o antidepressivo agiram em sua alma como uma cirurgia inútil atua sobre um tumor maligno descontrolado — serviram apenas para espalhar ainda mais um mal que se instalara dentro dele. E tudo se tornaria ainda pior depois que ele decidiu abolir a música de seu cotidiano. Na falta de trilha sonora, só lhe restou o caminho do suicídio: atirar-se do alto do maior edifício da cidade.

Atropelou-se uma história a ser contada com mais minúcia. Wagner eliminou a música de sua vida depois de fazer uma limpeza nas gavetas de seu escritório doméstico — mais precisamente nas gavetas da mesa que pertencera a Guilhermina. Em meio à papelada inútil deixada por ela, havia uma folha de pauta musical amarfanhada, destacada de um dos blocos dele. Em diagonal, sobre os pentagramas, Guilhermina havia escrito: *"You are the music while the music lasts."* Wagner leu e releu a frase, tentando lembrar se a havia ouvido alguma vez da boca da ex-mulher. "Não, ela jamais disse algo parecido", murmurou. No entanto...

No entanto, ele desconfiou de que a frase talvez explicasse a aversão de Guilhermina pela música. Ela era a pessoa mais antimusical que Wagner conhecia, e essa sua característica foi se acentuando à medida que os anos passavam. Guilhermina não apreciava nenhum tipo de música, e vez por outra ele se perguntava por que um homem como ele, para quem a música era alimento espiritual e material, havia se unido a uma mulher com gosto tão antípoda. E vice-versa, é claro. Mas bastava a questão aparecer, para ser afastada com um argumento trivial, que, sem esclarecer, confortava. Se havia escritores que se casavam com mulheres incultas, não era estranho que um músico tivesse uma mulher que não apreciava música — e, além do mais, ele nem era músico, era matemático. O que os unira fora... Ora, ele não sabia ao certo.

Fato é que, no final do casamento, a irritação de Guilhermina com a música era tamanha que Wagner só podia ouvir discos quando ela não estava em casa. Deveria haver algo naquela frase que explicava esse comportamento, ou não teria sido escrita. "Você é a música enquanto a música dura", traduzia ele, *molto adagio*. "Você é a música enquanto a música dura. Você é a música enquanto..." Esse mantra estendeu-se até que a folha amarfanhada caiu de suas mãos, e um suor frio molhou seu rosto e encharcou suas axilas: Guilhermina tinha aversão a música porque não queria ser música! Wagner estremeceu: ele, por sua vez, talvez gostasse de música porque era a música enquanto a música durava... Seria isso, então, que...

Um zumbido fustigava seus tímpanos, e sua visão escureceu na antecipação de um desmaio que não viria. Ele saiu do escritório e foi para o quarto. Deitado em posição fetal, Wagner chorou de maneira descontrolada por mais de uma hora. Ele não queria morrer naquele momento, mas nascer de novo, num mundo em que não houvesse música. O mundo de Guilhermina. Concluíra que sua ex-mulher era de uma infelicidade íntegra, cimentada na busca de alguma felicidade — o que incluía ter um amante demasiado humano como Rafael. Guilhermina era real, concreta, palpável, ao contrário dele, que era oco e preenchido a intervalos por música. Óperas, sinfonias, sonatas, missas, concertos: tudo aquilo, mais do que transportá-lo, criava uma quarta dimensão em que Wagner existia como personagem. E o que estava a seu redor também se metamorfoseava por meio da música. Fora assim desde o primeiro instante. Ele se dava conta, agora, de como a música transfigurara a pobreza de sua casa de menino. De como ela ocultara a mediocridade de seu pai violinista. De como ela maquiara a ignorância de sua mãe, uma mulher delicada, mas bronca. De como os seus sentimentos, tão comuns todos eles, ganhavam um caráter épico graças à música. De como esta afastara Guilhermina dele, ao amplificar uma idealização que ofuscou de vez o que nela o atraíra de forma aparentemente inexplicável: o opaco de sua concretude. Quanto ao trabalho, ele tivera a chance de adquirir realidade por meio da matemática, uma linguagem capaz de erigir edifícios, pontes, estradas, máquinas, e a desperdiçara ao tentar instrumentalizá-la como tradução dessa outra linguagem, a musical, que desenhava apenas sonhos, ilusões, fantasias, mentiras. Wagner, o matemático, caíra na armadilha de Wagner, o compositor que dera voz à ambição inconfessável de todos os seus pares — a de criar uma música que não fosse só música. Encontrar constantes variáveis que embasavam as diversas estruturas melódicas: o que era isso se não reconhecer na música (e nos músicos) uma essência divina? Isolar em Wagner e em outros compositores uma verdade maior?

Tudo não passava de alegoria, concluiu, alegoria que contaminara suas memórias, seus sentimentos, sua existência e ciência. Para existir nos intervalos de sua nulidade, ter um passado a ser lembrado e um presente a ser sublimado, ele precisava do aditivo da música como um viciado necessita de sua droga. Tinha certeza de que aquele momento de lucidez, detonado pela frase transcrita por Guilhermina, se desfaria aos acordes de uma composição qualquer. Mas também estava certo de que não voltaria a ser o mesmo. Viver no limbo era seu destino? Não, isso se afigurava impossível. Parar de ouvir música, tal era a saída. Ele se livraria do vício por meio da mais completa abstinência.

Nas primeiras horas do dia seguinte, Wagner ensacou todos os seus discos e os jogou na lixeira (ele não daria aquela droga a ninguém). De manhã, chamou o faxineiro de seu prédio e o presenteou com os meios de reprodução eletrônicos de que dispunha em seu apartamento. Duas horas mais tarde, estacionou seu carro (recém-destituído de som) em frente a uma instituição beneficente, à qual doou todos os instrumentos que possuía, inclusive o violino do pai. Ainda na mesma semana, apresentou suas desculpas à instituição universitária que o patrocinava, e lhe repassou todos os arquivos que guardavam os cálculos e tabelas de sua tese. Que fizessem o que bem entendessem com aquele material, já não era mais assunto dele. Wagner almejava o silêncio absoluto, um silêncio que lhe devolvesse contornos próprios e nítidos. Mas era tarde para isso, como ele logo perceberia. O seu não era um caso de contaminação pela música, e sim de constituição por ela. Não havia, portanto, contornos próprios e nítidos a ser recuperados.

Sem música, Wagner entrou em surto. De noite, acordava sobressaltado por melodias inexistentes.

Durante o dia, era tomado pela obsessão de identificar dodecafonias na cacofonia urbana. Nenhum médico conseguiu ajudá-lo a deter o seu desvanecimento, o que está longe de ser metáfora — Wagner estava desaparecendo a olhos vistos. Seu físico definhava pela falta de comida e de sono; suas conexões objetivas e subjetivas com o mundo exterior rareavam. A demência era irreversível, diziam os amigos. Foi assim que, numa tarde tempestuosa como uma cena de ópera wagneriana, Wagner comprou um *discman* e uma gravação famosa do *Réquiem* de Mozart, antes de subir ao mais alto prédio de sua cidade (construção que era uma das glórias da matemática, como ele tantas vezes observara a Guilhermina). Enquanto a orquestra saciava seus ouvidos, um sorriso estampou-se no seu rosto. Wagner havia deixado de ser apenas Wagner, para transformar-se em música que não era apenas música. Quando se jogou, ele se sentia mais vivo do que nunca. Morreu como alegoria; foi enterrado dentro de um caixão lacrado.

Este livro foi composto na tipologia Garamond, em corpo 13/18,
e impresso em papel off-white 90g/m²
no Sistema Cameron da Divisão Gráfica da Distribuidora Record